香菜となつの秘密

福田隆浩

講談社

香菜とななつの秘密（ひみつ）

福田　隆浩

猫
ねこ

もくじ

酉
とり

辰
たつ

申
さる

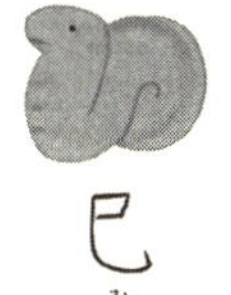
巳
み

未
ひつじ

午
うま

装画　しんやゆう子
装丁　永井亜矢子（陽々舎）

第1章 朝の秘密（ひみつ）

（1）

朝の学校がわたしは好きだ。

みんなよりちょっとだけ早めに登校する。そして、まだ誰（だれ）もいない玄関（げんかん）に足を踏（ふ）みいれる。

今はこんなに静かだけど、あと三十分もしないうちに、みんなのにぎやかな声でいっぱいになる。ほんと、あっというまに。

そう考えるだけで、不思議な気分になる。どきどきする気持ちが胸（むね）のなかに広がっていく。

「きっと今日も、素敵なことが待っていてくれる……。」

ついひとりごとをいってしまっていた。

声が大きく響いたので、自分でもびっくりした。あわてて周りを見回す。けれど、そこにいるのはやっぱりわたしだけ。

よかった……。

もし、知っている子がいたら、きっと口をぽかんとさせていたと思う。だって、いつも無口な女の子が、急に大きな声を出したのだから。

念のため、五、六年生の靴箱を見てみた。並んでいるのは上履きだけ。ということは、やっぱり高学年ではわたしが一番乗りということになる。

にんまりしていると、靴箱の上に飾ってあった干支の人形と目が合った。なにやってるのさ？　と、あきれられているように思えて、急に恥ずかしくなった。

木彫りの小さな人形で、去年からここに飾られている。本当は十二支なのに、よく見るとこっそりと猫もまじっている。つまり、十三支ってこと……？

最初見たときには、おかしくてしばらく笑いが止まらなかった。いったい誰が置いたんだろうと、かなり想像をふくらませた。

みんな同じ方向に頭を向け、横並びにきちんと整列している。とびいりの猫さんは列のいちばん後ろに控えめに座っていて、そこもすごくかわいい。

あれっ……？

視線をもう一度、靴箱に向けたときに気がついた。思わず首をかしげてしまった。

わたしのクラス。五年二組の靴箱の片すみに、見かけない運動靴が置いてある。そこは、名前ラベルの貼っていない、つまり、誰も使っていない場所だった。

オレンジ色のラインが入ったブルーの靴。こんな靴、履いていた子っていたかなあ……。すばやく記憶をさぐったけど、覚えていない。少なくとも、わたしのクラスにはいなかったと思う。

じゃあ、ほかのクラスの子が、いたずら心でここに靴を隠したとか……。

なんだかそれはおかしい。

ブルーの靴は靴箱のなかにきちんとそろえて置いてあったし、どう見ても自分で脱いで、自分で並べたという感じがする。

手にとって、よく見てみようかなと思った。どこかに名前が書いてあるかもしれなかった。でも、結局それはやめにした。やっぱり勝手にさわるなんてよくない。それに、その靴は男子の靴に違いなかったから。

壁にかかっている時計を見あげた。

いけない！ せっかくの早起きがむだになっちゃう……。

この靴のことは、またあとで考えよう。こんなに気持ちのいい朝なのだから、学校のなかを楽しまなければもったいない。

上履きに履き替え、いつもそうするように、遠回りしながら教室に向かった。両手を後ろで組み、スキップするように一階の廊下を進んだ。

五月の連休は先週で終わり、学校中の掲示がまた新しくなっている。

色鮮やかなイラストや写真があちこちに貼ってあったし、すごい！ とびっくりするような美しい飾りもこしらえてあった。

こんなふうに、掲示物のひとつひとつをていねいに見て回るのは、すごく楽しい。

いつだって、新しい発見がたくさんある。

みんなが書いた作文とか先生たちが書きこんだコメントとか、ふだんだったらなかなかじっくりとは読めない。けれど、朝のこの時間だったら大丈夫。みんなの目を気にする必要はなかったし、誰の迷惑にもならない。

廊下を進むわたしは、夢中になりすぎて、つい油断していた。

誰かの足音が、自分の後ろから近づいていることに、ぜんぜん気がつかなかった。

「佐々野さん、おはようございます。」

いきなり名前を呼ばれたので、びっくりしてふり返った。

「今日も早いですねえ。新しいクラスにはもう慣れましたか？」

教頭先生だった。黒縁眼鏡の教頭先生がにこにこ笑いながらそこに立っていた。

日に焼けた四角い顔に短く刈った髪、そして、大きく動くのどぼとけが、見あげるわたしの目にとびこんできた。

「あ……。」

きちんとあいさつができず、口ごもっていると、

「今日も一日、がんばりましょうね。」

教頭先生は大きくうなずき、手に持っていた茶色の封筒を左右にふった。

そして、そのままわたしを追い越すと、廊下の先にある小会議室のほうへと歩いていった。

ふーっ、と息をはいた。

いつものことだけど、教頭先生と話すときは緊張してしまう。

やさしい先生だってことはわかっているけど、こればかりはしょうがない。

男の先生と話すのは苦手だったし、そのなかでも教頭先生はずっと年上で迫力がある。いきなりだと、どうしたらいいかわからなくなってしまう。

わたしは、保育園のころから、恥ずかしがりやで引っ込み思案で、人前で話すことが苦手で苦手でしょうがなかった。

家族相手なら大丈夫なのだけど、ほかの人の前に出るともうだめだった。お話どころか、声を出すことさえできないときもあった。

両親がすごく心配して、専門のお医者さんのところに通い、いろんなセラピーを受けた。

小学校に入ってからは、隣の小学校にあったことばの教室にも通ったし、カウンセラーの先生からもいろんなことを教わった。

おかげで、高学年になってからは、教室での発表もなんとかできるようになったし、友だちにも話しかけることができるようになった。

もちろんまだ、一度にたくさんのことを話すのは難しいのだけど……。

「心配いらないわよ。香菜ちゃんって、すごく聞き上手でしょ？　今、香菜ちゃんはね、いろんなことを見聞きして、お話しする力を自分のなかにいっぱいいっぱい蓄えているところなの。だから焦らないでいいの。そのうちにどんどん話せるようになるからね。」

ことばの教室の先生が、いつだったかそういってくれた。

立ち止まったまま、今度は深呼吸をしてみた。しばらくすると、心臓のどきどきもおさまり、すっかりもとどおりになった。よっし。

また、歩きだそうとしたときだった。どこからか話し声が聞こえてくる。わたしはすぐに耳をすました。

廊下の少し先のほうからだった。間違いない。その声はさっき教頭先生が入っていった小会議室からもれ聞こえていた。

たぶん、扉が完全に閉じてなくて、少し開いているのだと思う。教頭先生のことだから、ついつい引き戸を勢いよく閉めてしまって、その反動でちょっとだけ扉にすき間ができたのかもしれない。

話している内容まではわからなかったけど、それはさっきわたしに話しかけてくれた教頭先生の声だった。

あれ？　誰か別の人の声も聞こえる……。

女の人の声だった。どうやら教頭先生と話し合っているみたいだ。

女の先生の誰かかなあと思ったけど、それは違うみたい。聞き覚えのない声だった。

ああ、そうか、お客さんが来ているんだと思った。そして、教頭先生がそのお客さんの相手をしているのだろう。

そういえば、さっき教頭先生は茶色の封筒を持っていた。あれは、お客さんに渡そうと職員室から持ってきたものかもしれない。

封筒に入っているということは、なにか大事な書類なのかも……。

あ、ちょっと待って待って。また、別のことが頭にうかんだ。

学校には確かにたくさんのお客さんがやってくる。けれど、こんな早い時間に来るお客さんっているのだろうか？　しかも女の人で、早朝から教頭先生と話をする人って……。

もし、そんなお客さんがいるとしたら……。

立ち止まったまま、あれこれ考えこんでいたわたしは、玄関のほうからにぎやかな声が響いてきていることに気づいた。低学年の早起きの子たちが登校してきたのだろう。

図書室のほうまで行ってみようと思っていたけど、そうはいかなくなってしまった。

仕方ない。予定変更。回れ右をしたわたしは、早足になって自分の教室へと向かった。

（2）

五年二組は、校舎の三階にあった。

階段をのぼりきったわたしは、まだ誰もいない教室にみごとに一番乗りした。

窓辺に近づき、薄いクリーム色のカーテンをゆっくりと開ける。さっきまで薄暗かった教室のなかに、あっというまに光があふれた。

ベランダ側にある自分の席まで行き、ランドセルを机の上に下ろした。

ふたを開けて、いつもそうするように教科書とノートを取りだす。

筆箱に定規、それに色鉛筆のセットも念のためにランドセルから出して、どう整理しようかと頭をひねった。

わたしは、たとえどんなにちょっとしたことでも、気になったら、納得がいくまで考えこんでしまうところがある。

でも、そうすることがとても楽しかったし、自分としてはすごく気に入っている。

今日の時間割りの順番に教科書を重ねて机のなかにいれたり、きっとこの授業ではノートは使わないだろうからと下のほうに置いたり、自分なりに、毎日いろいろと工夫をしている。

自分の工夫がうまくいったときなんか、やっぱりうれしいし、ほかの人に自慢なんかはしないけど、ちょっとだけ鼻高々になることもある。

こんなことって、ほかの人にもきっとあるんじゃないのかなあと思う。たぶん。

片付けをすませたわたしは、本を読みながら、みんながやってくるのを待つことにした。

自分の席につき、学年文庫から借りた本を引っぱりだして、目で文字を追う。それと同時に、ちょっとだけ耳をすます。

やがて、聞き覚えのあるパタパタという足音が少しずつ近づいてきた。

階段の最後近くにくると、たぶん二段とばしでのぼっている。

これって、うちのクラスの亜沙美(あさみ)ちゃんに違いない。

亜沙美ちゃんなら、教室のドアを開けると同時に、わたしの名前を呼んで、にぎやかに話しかけてくるはずだった。

「おはよう、香菜ちゃん！　すごい、もう来てたの？」

ドアが開いたかと思うと、明るい声が響く。

正解(せいかい)！　やっぱり亜沙美ちゃんだった。

陸上クラブに入っている亜沙美ちゃんは足がはやい。

だから階段だって、ゆっくりとはのぼらない。勢いをつけ、最後の数段は一気に駆(か)けあがる。

「いっつも早いよね、香菜ちゃんってさ。ほんと、早起きのチャンピオンやな。」

「あ……えっ……。」

照れくさくて、またことばにつまってしまった。そして、

「おはよう……。」

いいそびれたあいさつを遅れてつけたした。

亜沙美ちゃんはにこにこと笑っている。いつにもましてすごく機嫌がいい。

たぶん、単身赴任しているお父さんが家に帰ってきているんだと思う。

尋ねたわけじゃないけど、なんとなくわかる。

だってさっき亜沙美ちゃんは、「早起きのチャンピオンやな。」っていった。「やな」っていうのは関西のことばだ。

彼女のお父さんは確か関西出身の人だった。ずっと前、小二のときだったかな？

「うちのパパは関西生まれやねん。」

そう友だちに話しているのを耳にしたことがあった。

そして去年の夏、亜沙美ちゃんが書いた作文が、一階の廊下に貼りだされていた。

作文にはお父さんが大阪(おおさか)へ単身赴任したってことが書いてあった。そのころから、彼女が話す関西のことばはどんどん減(へ)っていったのを覚えている。

けれど、今朝の亜沙美ちゃんは関西のことばを自然に口にした。

ということは、関西のことばを話す人がすぐそばにいるということ。それに、彼女のうれしそうな笑顔(えがお)……。

だとしたら、それはもうお父さんしか考えられない。

単身赴任が終わったのか、それとも休みを取って、しばらくの間、家にもどってきたのか、それはわからないけれど。

亜沙美ちゃんは、駆け回るようにして教室の窓を開けだした。

彼女の係は窓係。教室の窓の開け閉めが仕事だ。すぐさま気持ちのいい風が流れこんできた。

お父さん、帰ってきたの？

そう亜沙美ちゃんに話しかけてみようかと思った。でも、いきなりそんなことを聞くのはどうなんだろうか……。

人の家のことにまで口を出すみたいで、なんだか気がひけた。

あれこれ悩んでいるうちに、いつものように声をかけるタイミングを失ってしまった。

教室のなかの空気がいれかわったころ、階段をのぼる足音がいくつも聞こえてきた。

この足音って誰だったっけ？

のんびりと答えを考えるまもなく、クラスの子たちが、次々に教室へと入ってきた。

そして気がつけば、あっというまに、いつものにぎやかな教室に変わってしまっていた。

居心地がよくて、わたしはこのクラスが大好きだった。

どちらかといえば、騒々しくてまとまりのないクラスだったけど、みんなそれぞれがマイペースで、それがかえってわたしには合っていた。

わたしも気をつかわずに、自分の好きなことができたから。

教室で、みんなの声に耳をすまし、みんなの横顔をそっと見つめるのが好きだった。

おしゃべりの輪のなかに入って会話の中心になんかならなくても、ちっともかまわなかった。だってわたしは、聞き上手な女の子だったから。

「なあ、さっきの、誰の母ちゃんだっけ？」

「えっと、あれは確か……。やっぱ、わかんねえ。」

教室に入ってくるなり、岸本くんと戸田くんが首をかしげながら話している。

どういうことなんだろう……。

ふたりのやりとりが気になり、会話の続きに耳をかたむけた。

「なあ田島、おまえも見ただろ？　さっきサト先生が話していた女の人。あれって、うちのクラスの親かなあ？」

岸本くんが、近くにいた田島くんに声をかけた。

田島くんはおとなしい子だったけど、岸本くんと戸田くんとだいたいいつもいっしょにいる。性格は違うけど気が合うみたいだった。

「わるい。ぼく見てないけど。」

「なーんだ、そうかー。どっかの親が押しかけてきて、サト先生に文句いってんだと思ったんだけどなあ。」

岸本くんがつまらなそうにいうと、

「さすがにそんなことあるかよ。おまえ、どんだけサト先生のことを根に持ってんだよ。」

戸田くんがあきれ顔で笑った。

サト先生というのは、クラス担任の藤崎聡美先生のことだった。若い女の先生で、気が強くて、怒ったらすごくこわい。

わんぱくな岸本くんは、もう毎日のように叱られている。だから、ついそう考えてしまうのだろう。

「あ、えっと……女の人は見なかったけど、知らない子は見たかも。」

思いだしたように田島くんがいった。

「知らない子ってなんだよ？」

「えっと……知らない男の子とすれちがったんだよね。一階の廊下で。」

「なんだよそれ？　おれたち見てないぞ。」

岸本くんは不満そうに口をとがらせた。

「ま、あとでサト先生に聞いてみればいいんじゃね？」

そう戸田くんが声をかけ、それで岸本くんも納得したようだった。

もしかして……。

三人のやりとりを聞きながら、ああ、こういうことなのかもしれないと思った。

頭のすみにぼんやりと残っていた疑問が、少しずつ、とけていくのがわかった。

今朝、小会議室から聞こえた声。

つまり、その声の主が、岸本くんたちが見たという女の人なのだろう。

あんなに朝早い時刻に学校に来る人……。女の人で、あの時刻に先生と話をする必要がある人……。それに、教頭先生が手に持っていた茶色の封筒……。

その女の人は、やっぱりこの学校に通う子の母親に違いない。

そんなことを順番にたどっていくと、自然とひとつの考えにたどりついた。

それも、ただの母親じゃない。

その人は、今日からこの学校に通うことになった子どもの母親なのだろう。つまり、転校生の母親なんだと思った。

教頭先生が持っていた封筒のなかには、転校してきた子の親に渡すいろんな書類が入っていたんじゃないだろうか。

わたしのお母さんも、ＰＴＡ総会とかで学校に出かけていくと、帰りには決まって書類の入った茶色い封筒を持ち帰ってきていたから。

靴箱に置いてあった、あのブルーの運動靴。あの靴は、転校生の靴だったんだ。

靴は男子用で、サイズは大きめだったと思う。ということは、転校生は男の子。小柄（こがら）というよりは、どちらかというと背（せ）の高い子なのかもしれない……。

わたしは教室の入り口を見た。

転校生がやってくるんだ。このクラスに、今日から！

だって、岸本くんたちは、サト先生がその女の人と話しているのを見たといっていた。

転校生のお母さんが話す相手といったら、それはもうわが子にとっての新しい担任の先生に決まっている。

「藤崎先生。どうかうちの子をよろしくお願いします。」

そのお母さんは、サト先生に、きっとそんなことを話したのだと思う。

転校生がやってきたら、きっとみんなは大騒（おおさわ）ぎするだろう。それだけはもうぜったいだった。

四月に隣の一組に女子の転校生がやってきた。それからしばらくは、その話題でもちきりだったし、一組の子たちはほかのクラスの子からずいぶんうらやましがられていた。

それに、転校生がやってくれば、そのクラスだけじゃなくて学年中が盛りあがることになる。

顔を見ようと、いろんな子たちが休み時間に教室にやってくる。廊下で大騒ぎをして、先生に注意される子が出てくるかもしれない。

わたしは教室のなかを見回した。

転校生が来ることを知っているのは、今はたぶんわたしだけ……。

そう考えると胸が高鳴ってきた。授業がはじまるのがいつも以上に楽しみになってきた。

（3）

朝の会がはじまる少し前に、サト先生が教室にやってきた。

にぎやかに騒いでいたクラスのみんなが急に静かになった。みんなの視線はサト先生の後ろのほうに向けられている。

やっぱりそうだった。

教室に入ってきたサト先生のすぐ後ろに、男の子が立っていた。

もちろん、今まで会ったことのない見知らぬ子で、思ったとおり背も高かった。

照れくさいのか、最初、足もとにずっと視線を落としていた。

「ほら、みんな、早く席につきなさい。」

サト先生が大げさに声をかけるのと同時に、男の子はゆっくりと顔をあげた。

前髪が長めで、日に焼けた顔に二重の目が印象的だった。

その転校生の名前は広瀬圭吾くんといった。

「広瀬さんは、今日からこのクラスで勉強することになりました。みなさん、仲良くしてあげてね。わからないことばっかりだと思うし、いろいろ教えてあげるようにしましょうね。わかりましたか?」

クラスのあちこちから勢いよく話し声がもれだした。みんな、転校生がやってきたのですっかり興奮していた。

みんなに静かにするように注意しながら、サト先生は横にいる広瀬くんに合図を送った。

たぶん、あいさつをするようにうながしたのだと思う。

「あの……。」

かすれた声が響いた。

声変わりがはじまっているのか、すごく緊張しているのかどちらかなのだろう。

「おれ、友だちとかつくる気ないんで……。だから、適当に無視してかまわないから。」

教室を見回しながら、彼はにこりともせずにいった。

クラスのみんなが息をのむのが、はっきりとわかった。転校生がやってきたことで、興奮し、盛りあがっていた教室はあっというまに静まりかえった。

こんなことをいいだすなんて信じられなかった。だって、わたしは早朝のまだ誰もいない玄関であのブルーの靴を見ていたから……。

クラスの一員になりたい。仲良くしたい……。そう思っていたからこそ、広瀬くんは、早々とクラスの靴箱に自分の靴を並べて置いた。わたしはそう考えていたのに……。

クラスのみんなはすぐに騒ぎだした。

当の広瀬くんはといえば、両手をおなかの前で組み、立ちつくしている。まるで、知らんぷりを決めこんだようだった。

サト先生があわてた様子で、広瀬くんの耳もとになにかをささやいた。きっと、さっきいったことを注意したのだろう。

広瀬くんはサト先生の顔に視線を向けたので、いい返すのかもしれないと思った。けれど、それはわたしの考えちがいだった。

広瀬くんはなにかをふりきるように息をはくと、教室のなかをもう一度見回した。

「あのさ、さっきのは冗談っていうか……。とりあえず、よろしくお願いします……。」

そういうと、最後にちょっとだけ頭をさげた。淡々とした口調だった。

横で、サト先生が大げさに手をたたいた。

「さあみんな、新しい友だちに歓迎の拍手を送りましょう！」

サト先生の強引な盛りあげに、クラスのみんなはあきれかえっていた。それでも、最初はぱらぱらだった拍手はしだいに教室に広がり、やがて大きな拍手になった。

大げさな歓迎に戸惑っているのか、広瀬くんはうつむいたままだった。

そのとき、ふいにわたしは、小会議室からもれ聞こえてきていた教頭先生と広瀬くんのお母さんの声を思いだしていた。

教頭先生の声は力強かったけど、お母さんの声にはどこか元気がなく、不安がにじんでいたように思う。もしかして、あの場に広瀬くんもいて、今みたいに、ずっとうつむいていたのだろうか。

いったいどんな話をしていたのだろう。わざわざ早朝の小会議室で話さなくてはいけないことって、なんなのだろう……。

わたしは今まで転校をしたことはない。だから、自分が知らないだけで、転校のときに話したり相談したりすることはたくさんあるのかもしれない。

きっとそうだ。新しい学校なんだから、親も本人も心配なことだらけなのだろう。

まだうつむいたままの広瀬くんを、わたしはじっと見つめた。

大丈夫。心配はいらないから……。

できるならば、そう大きな声で伝えてあげたかった。

わたしがこの学校が大好きなように、広瀬くんも、ぜったいこの学校をこのクラスを気に入ってくれるはずだ。

だって、ここには、楽しいことやおもしろいこと、わくわくするようなことがいっぱいあるのだから。はっとするようなささやかな秘密が、あちこちにひそんでいるのだから。

わたしは一生懸命に手をたたきながら、広瀬くんが早く顔をあげ、明るい笑顔をうかべてくれることを心から願った。

第2章　学年文庫の秘密

（1）

学校が終わって、放課後の帰り道。

わたしはいつものように、同じクラスの真理子ちゃんと梨花ちゃんと途中までいっしょに帰った。

ふたりは、明るくておしゃべりで、いつもとてもにぎやかだ。わたしが黙っていても、そんなことはちっともかまわないというように、いろんな話題が次から次に出てくる。

特に今日は、転校生の広瀬くんの話題でもちきりだった。

「友だちつくる気ないっていうのは、ちょっと引いちゃったよねえ。」

真理子ちゃんがそういうと、

「そうそう。男子も目が点になっちゃったもんねえ。」

すぐさま梨花ちゃんがあとに続く。

「おかげで彼、一日中、ぽつんと座ってたよね。」

「そうそう。変なこといっちゃうからだよねー。」

顔を見合わせると、ふたりして大げさにうなずいた。

確かに真理子ちゃんたちのいうとおりだった。広瀬くんはわたしの斜め前の席に座ることになったけど、休み時間になっても誰も話しかけようとはしなかった。

ただ、昼休みになって、サト先生がほぼ無理やりという感じで、彼を運動場に引っぱりだした。そこで、男子たちも交えてサッカーをはじめたみたいだった。

「サッカーがすごくうまかったって。」

「聞いた聞いた。うちの男子たち、誰もボールを取ることできなかったって。そういえば、ちょっと思ったんだけどさ、どことなく似てると思わない？」

わたしはピンとこなかったけど、真理子ちゃんはすぐに反応(はんのう)した。

「そうなの。うちも思ったよー。」

そして、ふたりそろって、キャーッと声をあげた。

なにがなにやらとわたしがあっけにとられていると、梨花ちゃんが待ってましたとばかりに説明をしてくれた。

どうやら、人気アイドルグループのメンバーのひとりに、広瀬くんは少し似ているらしい。

ふたりの話題はそこから、そのアイドルが出ているテレビドラマへとうつり、交差点で別れるまでずっと続いた。

ふたりは、わたしがそのドラマを見ていないことを知ると、第一話にまでさかのぼり、熱心に説明してくれた。おかげで、欠かさず見続けているくらいに詳(くわ)しくなってしまった。

「じゃあ、香菜(かな)ちゃん、またねー。」

「今度、ぜったい見てよね。ぜったい！」

ふたりは大げさに手をふりながら、交差点を渡(わた)っていった。

ちょっと恥ずかしかったけど、わたしも手をふり返し、あとはいつものようにひとりで家までの道を帰った。

住んでいる自宅のマンションがすぐそこに見えたところで、

あ、そうだった……。

気になっていたことを急に思いだした。

それは、歩行者用信号が青になり、横断歩道を渡るときには必ず流れる、あのカッコーの鳴き声のことだった。

もちろん、スピーカーから流れるその音は、目の不自由な人たちのためだということはよくわかっている。けれど、そのカッコーの鳴き声は、耳をすまして聞いてみると、二つの鳴き声がどうしてだかまじり合っている。それが、気になって仕方なかった。

たぶん、「カッコー」と「カカッコー」という二つの鳴き声。

どうしてなんだろう。オスとメスの鳴き声を使っているのかなあ。それとも音を流す機械の調子が悪くなっているとか……。

家の近くにある横断歩道の前でわたしは立ち止まった。

もちろん家に帰るには横断歩道を渡る必要はない。このまま、まっすぐに歩いていけばすぐにマンションにたどりつく。

でも、せっかく思いだしたのだから、試しに渡ってみようと思った。

押しボタンを押してしばらく待つと、歩行者用信号が青になった。そして、あの聞き慣れたカッコーの鳴き声が響きはじめた。

わたしは鳴き声に集中しながら、横断歩道を向こう側へと渡ってみた。

あっ、もしかして……。

数歩、歩いたところで、そのことに気がついた。

だから、確かめるために、折り返しにもう一度渡ってみようと思った。

自分以外には信号待ちの歩行者はいなかったので、すばやく押しボタンを押し、素知らぬ顔で信号が変わるのを待った。

こんなふうに繰り返し信号を渡っていたら、車の運転手さんたちに迷惑をかけてしまうのだろうか。でも、今はまだ道路は混んでいないし、きっと大丈夫だと思う。

信号が青に変わったので、さらに耳をすましながら渡ってみた。

そして、横断歩道の途中で、ちょっとだけ目を閉じてみた。もちろん、危ないからほんの短い時間だけだったけど。

目を閉じてみたら、さらにはっきりとわかった。

「あっ、そうか！　そうなんだあ！」

つい声をあげてしまっていた。

つまり、横断歩道のこっち側からは「カッコー」という鳴き声が流れて、向こう側からは「カカッコー」という声が流れている。

スピーカーから流れる電子音なのだろうけど、どうやら、ちゃんと考えられて、この二つの音が用意されて使われているみたいだった。

決まった鳴き声を聞けば、信号が青に変わったことがわかる。それは、特に目の不自由な人たちにとっては重要なことのはずだ。

でも、きっとそれだけではだめだったのだろう。足りなかったのだろう。

横断歩道のこっち側からの鳴き声と、向こう側からの鳴き声が違っていれば、自分たちが歩いて行く方向がよりはっきりとわかる。

だって、たとえば、「カッコー」の音を聞きながら歩きだしたとすると、次は、「カカッコー」の音が聞こえるほうに向かって進んで行けばいいのだから。

こっちからもあっちからも同じ鳴き声だったら、もうどっちに行けばいいのかわからなくなってしまう。

だからなんだ。だから、「カッコー」と「カカッコー」なんだ。

気になっていた謎がとけたものだから、わたしはまたにんまりとしてしまった。

いけない、いけない。

誰かに顔をのぞきこまれたら、きっと変な女の子だって思われてしまう。気をつけなくては。

自分なりに満足したのでそろそろ家に帰ろうとしていたとき、さっき渡った道路の向こう側を歩いている子に気がついた。

広瀬くんだった。

目を向けると、広瀬くんのほうもこっちをちらりと見た。どうやらわたしが同じクラスの子だということに気づいたようだった。

けれどそれだけだった。すぐにそのまま前を向くと、なにごともなかったように歩いて行ってしまった。

真理子ちゃんたちがいればなあ……。

そう思った。あのふたりだったら、大声で広瀬くんを呼びとめ、いろんなことを尋ねたかもしれない。教室では声をかけられなくても、ここだったら遠慮しなくてもいい。

どうして、自己紹介であんなことといったの？

サッカー上手みたいだけど、習ってたの？

どこに住んでるの？　家はこっちのほうなの？

広瀬くんに尋ねてみたいことがいっぱいあった。でも、自分ひとりじゃ無理なことだった。少しだけ悲しかったけど、わたしにはそのことがわかっていた。

（2）

昼休みのことだった。

わたしは、また、真理子ちゃんたちとの愉快な会話に参加していた。

話題はといえば、引き続きテレビドラマとアイドルグループの話が中心だったけど、今日はなんとなく様子が変だった。

真理子ちゃんはいつもどおりだったけど、梨花ちゃんは、ときどき、黙りこむこともあったし、心ここにあらずという感じだった。

いったい、どうしたんだろう……？

そう思っていると、

「あのね、ちょっと困っていることがあるんだけど……。」

ため息をついたかと思うと、いきなり梨花ちゃんが声をひそめて話しだした。

「えー、なになに？　相談だったら遠慮なしにいってよね。だって、うちら友だちなんだからさ。」

めんどうみのいい真理子ちゃんがすぐにそう答えた。うちらというなかに、わたしも入っているんだなあと思うと、なんとなくこそばゆい感じがした。

「ありがとう、真理子ちゃん。たいしたことじゃないとは思うんだけどね、最近、ちょっと不思議なことが続いているの……。」

「不思議なこと？」

そう聞き返す真理子ちゃんの前で、梨花ちゃんは小さくため息をついた。

明るくて、いつもみんなをリードしている梨花ちゃんがそんな様子を見せるなんて、すごく意外だった。

「本のことなの。」

「本？」

真理子ちゃんとわたしは、きょとんとして顔を見合わせた。

「えっと……ちょっと待ってて、見せたほうが早いから。今持ってくるね。」

そういうと、梨花ちゃんは自分のランドセルを置いているロッカーに向かい、そしてすぐにまたもどってきた。

見ると、梨花ちゃんの手には一冊の本があった。

「あ、おもしろそう……。」

わたしは思わず、そう口にしていた。

梨花ちゃんが手にしていたのは、高学年向けのファンタジー小説だった。ドラゴンとお姫さま、それに不気味な魔術師の絵が描いてある。

「そうなの。香菜ちゃんのいうとおりで、この本、すごくおもしろくてね、家に帰って読みだしたら、もう夢中になってしまったの。」

「へー。梨花ちゃんって、ファンタジーが好きなんだ。」

真理子ちゃんが尋ねると、梨花ちゃんは苦笑いをうかべながら首をふった。

「へへへ。ほんというとファンタジーは得意じゃなくて、今までほとんど読んだことなかったの。」

「学年文庫……?」

そう尋ねてみた。梨花ちゃんが手にしている本の背表紙に「学年文庫」の青いスタンプ印がちらりと見えたからだった。

この学校は読書にすごく力をいれていて、図書室だけでなく、各学年の教室前の廊下にも本棚が並んでいた。

それが学年文庫で、いつでも自由に本を読んだり借りたりできるようになっていた。

図書室とは違って、借りるときに、図書委員に手渡したりパソコンに登録したりしなくてもよかった。返却期限を守るとか、もとあったところにちゃんと返すとか、いくつかのルールはあったけど、それさえ守れば誰でも気軽に利用することができた。

以前、校長先生が全校集会で話してくれたけど、この学校の卒業生に有名な会社の社長さんがいて、その人が毎年、たくさんの本を寄付してくれているということだった。

図書室にだけ置くのはもったいないし、場所もせまい。だから教室前の廊下にも本棚を置き、今のような学年文庫のかたちになったらしい。

「うん。そうなの。でもね、学年文庫からこの本を選んだのはあたしじゃないの。そこが不思議っていうか……。」

「なになに、それってどういうこと？」

真理子ちゃんは興味津々になっていた。

「あのね。いつのまにかあたしの荷物のなかにまぎれこんでいたの。しかもね、この本で三冊目なの。」

「えっ、うそでしょ！」

梨花ちゃんの返事に、真理子ちゃんはにぎやかな声をあげた。予想外の展開にすっかり興奮していた。

「うそじゃないって。入っていた本を次の日、学年文庫に返すでしょ。するとその日のうちに、また別の本があたしの荷物のなかに入っているの。手提げバッグとか机のなかとか……。」

「うわっ、気味悪いー。」

「もー、真理子ちゃんったらー。だから相談してるのにー。」

梨花ちゃんは、ほっぺたを大げさにふくらませた。でも、しばらくすると笑いながらぺろりと舌を出した。

「へへへ。それがね、荷物のなかにまぎれこんでた本って、不思議なことに全部おもしろそうなの……。だから、気味悪いなあって思っても、結局、夢中になって読んでしまうの。われながら、なんだかなあって感じなんだけどね。」

「だったら、それいいじゃない。自分で苦労して本を選ばなくていいんだからさ。」

のん気な真理子ちゃんの意見に、梨花ちゃんはまたほっぺたをふくらませた。

「えー、だからといってさ、このままでいいってわけにはいかないもん。やっぱり不気味すぎるよ……。それに、あたしはあたしで、学年文庫からちゃんと本を借りてるわけ。ほかの本ばかり先に読んでたら、自分が借りた本をぜんぜん読めないよ。貸出期間は一週間しかないんだから。」

「それなら、先に借りてる本を読んだらいいじゃない。」

「だって、どう見てもあたしが借りた本より、入ってた本のほうがおもしろそうなんだもん。」

「もー、なによそれ、わがままな悩みみたいになってきてるんじゃないのー。ねー、香菜ちゃんもそう思わない？」

いきなり自分に話がふられたので、ちょっとあわててしまった。

でも、話を聞いてて、ちょっと気になることがあったので、ひとつだけ質問をしてみることにした。

「梨花ちゃん……借りてた本って……？」

一瞬、きょとんとした表情の梨花ちゃんだったけど、すぐに教えてくれた。

「あのね、『中世ヨーロッパの歴史』って本なの。知ってる？　ハードカバーのちょっと立派な感じの……。」

えっ？　うそ、あの本なの……。

わたしは自分の頭のなかで、いろんなことを急いで考えだした。

《世界の歴史シリーズ》の本はセットで学年文庫に並んでいた。分厚くて、相当に難しそうな本で、わたしは一度だけ開いたことはあるけど、すぐにもとにもどしてしまった。

まさか梨花ちゃんが、あの本を借りてたなんて……。

「なによ、そのすごそうな本。梨花ちゃんて、そんなに歴史好きだったっけ？」

真理子ちゃんは、さっそく梨花ちゃんにつっこみをいれだした。

「そんなことないけど、うちのママが、たまには難しい本でも読みなさいっていうんだもん。それで、つい借りちゃったんだけどさ。へへへ、あんまり難しすぎて、まだ一ページも読んでないの。」

「自分で借りたんだから、少しは読まなきゃねー。」

「だってね、歴史の本を借りて帰ったその日に、手提げバッグに別の本が入ってたの。それがまた、おもしろそうな本でね。ついついそっちを読んじゃったの。」

「もー、梨花ちゃんっていいかげん。そんなんじゃ、中世ヨーロッパの人たちが怒るわよ、きっと。」

「でも、もうみんな死んじゃってるよ。」

「当たり前じゃない。でもほら、中世ヨーロッパといえば雰囲気的に魔女とかじゃない？本にかけられた魔女の呪いが、梨花ちゃんのところに別の本を引きよせてたりして……。うわ、こわそうー。」

真理子ちゃんは、すでにこの出来事をおもしろがっていた。

「もー、呪いなんていわないでよねー、眠れなくなっちゃうよー。」

梨花ちゃんは梨花ちゃんで、自分から相談してきたのに、その不思議な出来事を楽しんでいるような節もあった。

「わかった。こういうのってどう……？」

そして真理子ちゃんは、わざとらしく声をひそめた。

「まず、そのファンタジーの本を学年文庫に返却するの。もう読んでしまったんだから、いいでしょ？」

「うん、それはいいよ。もともと返すつもりだったんだから……。それで、それからどうするの？」

「決まってるじゃない。梨花ちゃんの荷物を見張るのよ。だって、今まで、本を返却したら、その日のうちにまた別の本が荷物のなかに入ってたんでしょ？　だったら、犯人は、今日中にまた、梨花ちゃんの荷物に本をいれるってことじゃない。みんなでこっそり見張ってさ、犯人がやってきたところでつかまえちゃえばいいのよ。ね、いい考えだと思わない？」

自信満々に真理子ちゃんはいった。梨花ちゃんも、なるほどなあという感じでうなずいている。それにしても、犯人っていうのはどうなんだろう……。

「うん。そうだよね。はっきりさせなきゃいけないもんね。じゃあさ、真理子ちゃんと香菜ちゃんも見張るの手伝ってよね。」

「もちろん、了解！」

真理子ちゃんは大きな声をあげて、おまわりさんみたいに敬礼をした。

ほかの子たちが、わたしたちのほうを見て笑っている。なんだか急に恥ずかしくなった。

梨花ちゃんは持っていたファンタジーの本を、さっそく学年文庫の本棚に返却した。どうやら、梨花ちゃんも本気になっているみたいだった。

「がんばろうね、香菜ちゃん！」

真理子ちゃんはわたしの手を取ると、大げさにふった。

あー、どうしよう……困ったなあ……。

そう思ったけど、いまさら断ることはできそうになかった。

「よし、亜沙美ちゃんとひかりちゃんにも応援を頼もうっと。」

真理子ちゃんはさらに盛りあがりだした。五時間目がはじまるチャイムが鳴ったからよかったものの、そのままだと、クラスの女の子全員に声をかけそうな勢いだった。

真理子ちゃんったら……。

そんなふうに大げさなことをしたら、ぜったいによくないのに。なにもしないで、そうっとしておくのがいちばんいいのに……。

まいっちゃった……。どうしたらいいんだろう……。なんとかしなきゃ……。

わたしは自分の席につくと、真剣に頭を悩ませはじめた。

（3）

五時間目と六時間目の授業がようやく終わった。

あとは、帰りの準備と帰りの会。そして、帰りのあいさつをするだけだった。

その間、真理子ちゃんと声をかけられた何人かの女の子たちは、梨花ちゃんの荷物をこっそりと監視していた。

机の横の手提げバッグ、ロッカーに入ったランドセル。そして、梨花ちゃんの机のなかを横目でちらちらとチェックし続けている。

女の子たちの様子に気づいた上原くんが、

「なにやってんだ？　目つきがなんか変だぞ。」

そういってあきれかえっていた。

斜め前の席に座っている広瀬くんも、読んでいた本から目を離し、あたりを見回している。

広瀬くんも、なにか変なことをやってるなあと思っているみたいだった。

結局、当たり前といえば当たり前だったけど、梨花ちゃんの荷物に本をいれようとするような子はあらわれなかった。これだけ見張られていたら、きっと、有名なマジシャンでも難しいだろうなあと思った。

帰りのあいさつをして、廊下に出ると、真理子ちゃんと梨花ちゃんの周りに何人かの女の子たちが集まっていた。みんな今日の見張りを手伝った子たちだった。

真理子ちゃんが、興奮したように声をあげた。

「よかったじゃない、梨花ちゃん。さすがの犯人も、今日は本をいれることができなかったってことよね。」

梨花ちゃんもうれしそうだった。

「ねえねえ、でも念のために、もう一度荷物のなかを見てみたら。」

手伝っていた女の子たちのひとりがそういったので、梨花ちゃんはランドセルと手提げバッグのなかを調べはじめた。

「うん。大丈夫みたい。どこにも入ってない。みんな、ありがとうね。」

そして、真理子ちゃんと梨花ちゃんたちは、にぎやかにおしゃべりをしながら玄関へと向かった。

どうしようかと思ったけど、わたしも後ろからついていった。

これから起こることが、わたしにはなんとなくだけど予想がついた。大騒ぎにならなければいいけどなあと思った。

「なにこれ！」

玄関の靴箱の前で梨花ちゃんが大きな声をあげた。

脱いだ上履きを片手に持ったまま、かたまったようになって立ちつくしている。

真理子ちゃんやあわてて集まってきた女の子たちが、驚きの声をあげた。

「うそっ、本が入ってる！」

みんなの後ろからわたしものぞきこんだ。

梨花ちゃんの靴箱。外履きの靴の上に一冊の本が置いてあった。

すぐにわかった。それは、梨花ちゃんが今日返したあのファンタジー小説の続刊だった。

もちろん学年文庫の本で、青いスタンプが押してあるのが見えた。

わたしは玄関に集まっているクラスの女の子たちをさっと見回した。

どうしようかとまた思った。かわいそうで仕方なかった。

騒ぎに気がついたのかサト先生がやってきた。でも、さすがに先生には知られたくなかったみたいで、

「な、なんでもありません！」

真理子ちゃんと梨花ちゃんはそういうと、急いで玄関から外に出た。

梨花ちゃんの手には靴箱に入っていた本がしっかりとにぎられていた。そして、仕方なさそうに自分の手提げバッグのなかにつっこんだ。

帰り道は、いつもと同じで、また三人になった。

「驚いちゃったね。」

真理子ちゃんは笑いながらそういったけど、いつものあの元気はなかった。

隣を歩いている梨花ちゃんはといえば、さっきからずっと黙ったままだった。

びくびくした感じで手提げバックを持っているのがわかった。まるで、そのなかにおそろしいものが入っているような感じだった。

たぶん、梨花ちゃんの頭のなかには、昼休みに真理子ちゃんがいった、「呪い」ということばがうかんでいるのだと思う。

呪い……。

そのとき、わたしはとってもいいことを考えついた。うん。これならなんとかなるかもって思った。

交差点でふたりと別れようとするとき、わたしは思いきって梨花ちゃんに話しかけた。

「あのね、梨花ちゃん。本のこと……やっぱり呪いかも……。」

梨花ちゃんがひきつった顔でわたしのほうを見た。

さっきのショックがまだ尾をひいている梨花ちゃんに、こんなことをいうのは気がとがめた。でも、少しの間だけがまんしてもらおうと思った。

「あの歴史の本……やっぱり、いけないのかも……。それを早く返したほうが……いいのかもしれない……。」

そういうと真理子ちゃんが、わたしがうまくいえなかったことを、あっさりと付け加えてくれた。

「あの『中世ヨーロッパの歴史』とかいう本よね。確かに、香菜ちゃんのいうとおりかも。だって、読まないまま、ずっと家に置いてるのはよくないもんね。それに、本が荷物のなかに入ってくるようになったのは、その本を借りてからなんだよね？　原因はそれよ。その歴史の本に呪いがかかってて、それでいろんな本を引きよせているのよ……。」

「ちょ、ちょっと待ってよー。」

「梨花ちゃん、悪いことといわないから、香菜ちゃんのいうとおりにしたほうがいいよ。香菜ちゃんって、おしゃべりじゃないけど、昔からすっごく頭がいいんだから。その香菜ちゃんがいってるんだから、間違いないって。」

　別に頭がいいとは思わないけど……。

　でも、こんなふうに真理子ちゃんにあと押ししてもらえると、とても心強かった。

　おかげで梨花ちゃんは、別れ際に、

「うん……わかった。あの本、明日、学校に持ってくる。そして、朝一番で返却する。約束するから。」

　そう真顔でいってくれた。

（4）

梨花ちゃんは、次の日、ちゃんと約束を守ってくれた。

学校に来るなり、借りていた本『中世ヨーロッパの歴史』を学年文庫の本棚にもとどおりにちゃんと返却した。

そうそう……。もちろん昨日靴箱に入っていたあの続刊のファンタジー本も本棚にもどしていた。

おもしろそうだったので、やっぱりその本だけはちゃんと読んでしまったらしい。なんだか、梨花ちゃんらしくて、いいなあって思った。

わたしはその日の中休み、自分の席にじっと座っていた。

次の授業で使う教科書のページをめくりながら、そっとみんなの様子をうかがっていた。

さいわい、廊下側の窓(まど)も開いていたし、おかげで学年文庫の本棚もちゃんと目に入った。

廊下にはたくさんの子たちが行きかっている。

中休みといっても、そんなに時間は長くない。みんなけっこう早足で、廊下を歩いている。

隣のクラスの男の子が、ゆっくりと本棚のほうに歩いてくるのが見えた。

もちろんよく知っている子で、そんなに親しく話したことはなかったけど、一年生のときと三年生のときに、同じクラスになったことがある。

その子が、学年文庫の本棚に近づき、さっと本を手に取った。

ちらりと本の表紙が見えたけど、それで十分だった。

その男の子が手にしたのは、今朝、梨花ちゃんが返却した分厚い『中世ヨーロッパの歴史』に間違いなかった。

ああ、やっぱり、そうだったんだ……。

ぱらぱらとページを開いたその子は、つまらなそうに肩（かた）をすくめ、本棚のもとあったところにその本を返した。

そして、ちょっとだけ周りを見回すと、またゆっくりと自分の教室のほうに歩いていった。

ここからはその子の表情まではよく見えなかった。けれど、たぶん、すごくほっとした顔をしていたと思う。

だって、その男の子は、『中世ヨーロッパの歴史』にはさんでいた手紙を抜き取ることができたのだから。

きっと薄くて小さな紙切れで、ちょっと本を開いたくらいでは気づかれないものだったと思う。

わたしは、教室のなかにいるひとりの女の子にそっと目を走らせた。

その子は、わたしと同じように、廊下の様子をじっと見ていた。そして、男の子が『中世ヨーロッパの歴史』から手紙を抜き取るのを目にし、おさえきれずに満面の笑みをうかべた。

彼女のあふれる笑顔を見て、わたしもすごくうれしくなった。

ほんと、よかったね。これで、もう安心だよね……。心からそう思った。

それにしても、さすがに彼女も予想できなかったのだろう。

誰も読むはずがないと思っていた難しいあの本を、まさか梨花ちゃんが手に取り、しかも、借りていってしまうなんて……。

あれからずっと心配のしどおしだったことだろう。

だって、あの『中世ヨーロッパの歴史』をふたりは交換日記みたいに使っていたのだから。本の間に手紙をはさみ、毎日、こっそりとやりとりをしていたのだから……。

梨花ちゃんが、その本を借りていくのを見た女の子はあわてて考えたはずだ。

そして、梨花ちゃんが家に帰ってもなんとか『中世ヨーロッパの歴史』だけは読まないように、梨花ちゃんが好きになりそうな、先に読んでくれそうな本をさがして、祈るような気持ちで、梨花ちゃんの荷物のなかに忍ばせたのだと思う。

本当は手紙を抜き取ることができたらよかったのだろう。けれど、梨花ちゃんは借りた本をいつもランドセルのなかにいれていたし、そこから抜き取るのは簡単じゃなかった。

わたしはその女の子のことをよく知っている。

同じクラスメートで、いっしょに遊んだことも話をしたこともあったから。

だから、昨日、その子が真理子ちゃんに声をかけられて、仕方なく梨花ちゃんの荷物を見張っている姿を見たときは、わたしも心が痛かった。

玄関で、自分が靴箱のなかに本をいれたというのに、みんなといっしょに大げさに騒いでいる様子は、見ていていたたまれなかった。

きっと隣のクラスのあの男の子も協力してくれたと思う。けれど、いくらふたりで力を合わせても、荷物のなかに何度も本を忍びこませるのは大変なことだったに違いない。

特に昨日はそう。六時間目の授業が終わってすぐに、女の子はみんなの目を盗んで、でもいちかばちかという感じで、階段を一階へと降りていった。

手にはファンタジーの続刊を隠すようにして持ち、誰ともすれちがいませんようにと祈りながら、梨花ちゃんの靴箱へと向かったのだと思う。

わたしは、ふたりがつきあっていることをずっと前から知っていた。

それは、つけているところがランドセルとリュックという違いはあったけど、そして、ピンク色と緑色と、色は違っていたけど、ふたりはおそろいのキーホルダーを大切につけていたから。

それに、ふたりは昼休みになるといつも学年文庫の本棚の前にいた。けれど、いっしょに行くことはなくて、時間をあけて本棚の前に立って本を読んでいた。

しかも、決まって同じ本に手を伸ばしていたし、そんないろんなことを考え合わせてみたら、ふたりがすごく仲がいいってことがすぐに想像できた。

もちろん、わたしはふたりのことを誰にもいうつもりはない。

ふたりとも、とってもいい子だし、できるならいつまでもいつまでも仲良しでいてほしいと思っているから。

梨花ちゃんは本を返したので、昨日とはうってかわってすっきりとした顔をしている。これからは、荷物のなかに勝手に本が入りこむことはもうないだろう。梨花ちゃんの心配事はすべて無事解決したことになる。

あー、本当によかった。

わたしの大好きな友だちが嫌な思いをしなくて。真理子ちゃんも梨花ちゃんも、そして、あの仲良しのおふたりさんも……。

あっ、そうだ。ひとつ大事なことを忘れていた。

ふたりはもう、あの本を交換日記がわりに使わないほうがいいと思う。

斜め前の広瀬くんの机に目を走らせた。

広瀬くんは、今週はじめから、同じ《世界の歴史シリーズ》のなかの『古代ローマの歴史』という本を熱心に読んでいる。

その本を読み終えてしまったら、今度は中世ヨーロッパの本に手を伸ばしそうな予感がする。だって、本棚にセットで並んでいたし、見るからに似た雰囲気の本だったから……。

あーあ。なんとかして、そのことを知らせなきゃ。

わたしはまた、頭をひねりはじめた。

第3章　先生の秘密(ひみつ)

（1）

わたしは朝が大好きだ。

時計のアラームが鳴りだす前には目が覚めるし、早起きするのに今まで苦労したことはない。

世の中には、朝に弱い人が多いということだから、それだけでも自分はついているんだなあと思う。

けれど、目が覚めたからといって、すぐに起きだすことはあまりない。

といって、二度寝するわけじゃなくて、だいたいいつも、かけ布団から顔だけ出して、あたりの物音にじっと耳をすましている。

朝の音がいろんなところから聞こえてくる。それだけで、なんだか楽しくなってくるから不思議だ。

ドアの向こうのリビング……。

ママが手早く朝のしたくをしている音が聞こえる。

冷蔵庫を開け閉めする音、テーブルに食器を並べる音、ガスレンジの上でフライパンを動かす音、シンクに水を流す音……。

それに少し離れたところからは、洗濯機が脱水している音も響いている。

あれっと思った。

なんだか今日のママは、いつも以上にあわてているみたい……。

ああ、もしかしたら、冷蔵庫の玉子が残り一個だけになっていたからなのかもしれない。

それで、朝ご飯のおかずをつくるのに手間取っているのかも。

ママはいつだって忙しくしている。

家族のために、いつでもどこでも孤軍奮闘している。

頼りにしていたパパは単身赴任中で、月に一、二度しか家に帰ってこない。きっとわたし以上に、ママは心細くてさびしいはずだった。

本当はパパの転勤が決まったとき、家族みんなでついていくことになっていた。ママもお仕事をやめる決心をしていたらしい。

でも、わたしのこととかいろいろあって、結局、パパが単身赴任をすることになった。

申し訳ない気持ちでいっぱいだったけど、わたしは今の学校が大好きだったし、転校しないですんだことに心から感謝している。

転校って、本当に大変そうだ。やってきたばかりの広瀬くんを見ているからよくわかる。

彼はクラスの男子から誘われれば遊ぶけど、そうでなければ、教室の自分の席にずっと座っていることが多い。

サッカーがうまいんだから、もっとみんなと遊べばいいのに……。

わたしは単純だから、ついそう思ってしまう。

けれど、広瀬くんには広瀬くんなりのいろんな理由があるのかもしれなかった。

お布団に入ったまま、大きく伸びをした。

「香菜、起きてる？」

ドアが開き、ママが部屋に顔を出した。

「うん。今起きたところ……。」

わたしはいつものように、そう返事をした。

早く目覚めていることを知ったら、ママのことだからきっと余計な心配をしてしまう。

学校でうまくいっていないのかも……とか、嫌なことがあって眠れていないんじゃないかとか……。

もう低学年のときとは違うのに。そんな心配はぜんぜんいらないのに……。

でも、ママは基本、心配性だし、それはもう仕方のないことなのかもしれない。

「じゃあ、ちょっと早いけど朝ご飯にしようか？　ママ、今朝は早めに出かけなきゃいけないの。」

「うん。わかった。」

どうやら今日は、ママの会社の早出の日みたいだ。

そうかあ……。だから、いつもよりあわてていたんだ。冷蔵庫の玉子の数は関係なかったんだ。

布団から体を起こしたわたしは、おかしくなって、くすくすとひとり笑い声をあげてしまった。

（2）

朝ご飯をすませると、ママはひとあし先に、お仕事に出かけた。

わたしはというと、引き受けたお皿洗いとゴミ出しのお手伝いを終わらせ、ふだんより少し遅く学校へと出かけた。

正門を抜けて、玄関についたときには、先に登校した子たちの声が響いていた。

上履きに履き替え、廊下へと足を踏みだしたときだった。

「あっ！」

わたしは、目の前を通り過ぎていたサト先生にあやうく衝突しそうになった。

「あ、ごめんね、佐々野さん。大丈夫だった？」

先生は両手にたくさんの荷物をかかえていた。おまけに、肩に重そうなバッグをさげていたので、わたし以上にふらついてしまっていた。

どうしたんだろう？　サト先生、すごく疲れた顔してる……。

顔色も悪かったし、目もとろんとしている。いつも元気いっぱいのサト先生なのにめずらしいなあと思った。

そのときわたしは、先生の左袖になにかがこびりついているのに気づいた。

「先生……なにか、ついてます……。」

手を伸ばし、指でつまみとった。ねばっこくてどろりとしていた。

つまみとった指先がべたべたして、わたしは引っぱりだしたハンカチでふきとった。

「ありがとね。先生、ぜんぜん気づかなかった。」

「あの……どこで……？」

尋ねずにはいられなかった。だって、気になってしまったから。

「えっと、どこだったっけかなあ……。」

先生は、困ったように苦笑いをうかべた。なにかをごまかそうとするみたいに……。

どうして？　服についていた、ただの汚れなのに……。

「おっと。先生、行かなきゃ。じゃあ、あとでね。」

壁の時計をちらりと見たかと思うと、先生は急いで歩き去った。あんまり早足だったので、転ぶんじゃないかと心配したくらいだ。

「大学ではね、バドミントン部だったの。だから、運動はお手のものよ。」

そうサト先生はみんなに自慢していた。

でも、体育のボール運動では突き指をしたし、マット運動では思いっきり尻もちをついていた。たぶん運動は得意じゃないのかも……。

そういえばサト先生、ピアノもあまり得意じゃないと思う。音楽の授業では、パソコンを使って伴奏の音楽を流すことが多かったから……。

そう。サト先生がいちばん得意なのはたぶんパソコンだ。

社会の時間に、パソコンと大型テレビをつないで、びっくりするくらいにきれいなスライドショーを見せてくれた。

音楽もいっしょに流れてて、まるで映画みたいだった。いつも文句ばかりいう男の子たちも黙ったままじっと見入っていたし、

「やべえ、おれ、マジ感動した！」

口の悪い岸本くんさえも、そんなことをいっていた。

わたしはサト先生のことが大好きだった。

ちょっと短気で、強引で、クラスの子がいたずらをしたときなんかは、遠慮せずにとことん叱りつける。きっといつも一生懸命なんだと思う。

なんとなく親戚のお姉さんっぽくて、先生を見ているといつも元気が出た。うちのクラスの担任の先生がサト先生で本当によかった……。

わたしはいつもそう思っていた。

（3）

一時間目の授業から、サト先生の様子はやっぱり変だった。

国語の時間だったけど、開くようにいった教科書のページが違っていたし、黒板に書いた漢字の筆順も間違っていた。

岸本くんや戸田くんが調子に乗ってはやしたてたけど、先生は眉間にしわをよせただけで、注意しようともしなかった。

「なんだよ、もー。」

岸本くんがぶつぶつと文句をいった。肩すかしをくったみたいだった。

先生、どうしたんだろう？　もしかして、あれと関係があるのかも……？

中休み。わたしはハンカチをポケットから取りだし、そっと机の上に置いた。

先生の服の袖からつまみとった汚れが、白いハンカチにまだこびりついている。

顔を近づけてみた。

あのときは泥水がついたのかなと思っていたけど、今見るとなにか違う。泥にしては緑っぽいものがまじっているし、なんだか変なにおいもする。

なんなんだろう、これ……？

はっと顔をあげると、すぐそばに広瀬くんが立っていて、こっちを見下ろしている。

「え……な、なに……？」

びっくりして、わたしはそんなことをいっていた。

よく考えれば、広瀬くんの席はわたしの近くだったし、立ちあがって、たまたまこっちを向いただけなのかもしれなかった。

わたしの声に、広瀬くんはちょっと驚（おどろ）いたようだった。

「それって、苔（こけ）っぽいよね。」

困ったような表情（ひょうじょう）をうかべると、
そう、ぼそりといった。

「え……あ、あの……。」

あわてて問い返そうとしたけど、もう遅かった。

「おい。サッカーやるから、おまえも来いって。」

岸本くんたちがやってきたかと思うと、広瀬くんを強引に引っぱっていったからだ。

ちょっと困った表情をうかべていたけど、それでも広瀬くんはみんなといっしょに外へと出ていった。きっと、少しずつクラスになじんできているのだろう。

苔っぽいよね……。

広瀬くんのいったことばだった。そのことばがわたしの頭のなかをぐるぐると回っていた。

確かにこれは、植物の苔なのかもしれない。最初は泥水だと思っていたけど、水分が蒸発して、苔の緑色が表面に出てきたのかもしれない。

もしこれが苔だとしたら……。サト先生はいったいどこで服につけたんだろう?

疑問はたくさんあった。でも、いっぺんに考えるよりも、ひとつひとつ順番に考えていくほうがいい。

わたしのおばあちゃんが、いつもいっていることだ。

近道をさがすより、遠回りの道を一歩一歩踏みしめながら進むほうがいい。そのほうが、結局、自分の行きたい場所に早くたどりつけるって……。

最近、教室でみんなが話していたことを、一生懸命に思いだしてみた。

サト先生のことで、みんなはどんなことを話していたっけ……。

そういえば……。

先週だったと思う。朝、教室にやってきた男の子たちが騒いでいたことがあった。

「サト先生さ、なんかカメラマンみたいだったぜ。三脚とデジカメかかえて歩いているんだから。」

「なに撮ってたわけ？」

「さあ。メタセコイアにやってくるカラスかなんかじゃないか？　知ってるか？　あそこのてっぺんあたりに巣があるんだぜ……。」

確か、そんなことを話していた。

三脚とカメラ。それにメタセコイアとカラス。なんだか、つながりのないキーワードばかり……。

少しがっかりしたけど、わたしはそれでもまだしつこく考え続けた。

え？　もしかしてこういうこと……？

そして、ようやくあることを思いついたのは、ちょうど給食を食べ終わったときだった。

「ねえ、香菜ちゃん。遊びに行かない？」

昼休みに真理子ちゃんが誘ってくれたけど、

「ごめん……あの、用事が……。」

そういって断ってしまった。

たぶん、わたしが誘いを断ったのははじめてなんだと思う。真理子ちゃんが、驚いたようにわたしを見ていたから……。

でも仕方なかった。昼休みの間にどうしても確かめたいことがあったから。

昼休みの運動場は、天気がいいこともあって、もうもうと砂ぼこりがたつくらいに、みんなは遊び回っていた。

服が汚れてもまったく気にしていないみたい。それに比べて、先生の服の汚れを気にしている自分っていったい……。

ふとそう思ったけど、やっぱり気になるものは気になる。そうなったら放っておけないというのは、きっとおばあちゃんゆずりの性格なんだろうなあと思った。

サト先生が服を汚した場所については、もう見当がついていた。

メタセコイアとカラスというのが大きなヒントだった。

この学校のなかにはメタセコイアの木があちこちで枝葉を広げている。でも、そんなメタセコイアのなかで、カラスがいるところといったらひとつしかない。

体育館の裏手にある小運動場だ。

そこは、芝生がしきつめられた緑の広場みたいなところで、低学年の体育なんかよくそこでやっている。

小運動場といっても、相当に広い。そこで、もうひとつのヒントを思いだした。

そう。広瀬くんのひとことが、わたしにひらめきをくれた。

サト先生の袖についていたあの汚れ。あれは、水分がたっぷりとついた苔だった。

水分がたっぷりとあって、苔が生息している場所っていったいどこ？　しかも小運動場の近くで……。

だったらもう、あそこしかない。

小運動場の奥にあるビオトープだ。

低学年のときには生活科でよく行ったけど、最近は行ったことがなかった。

大きな台風が来たときに、めちゃくちゃに荒れてしまったらしくて、それ以来、授業で見に行くこともなくなってしまった。

ただ、その場所には小さな水の流れがあって、たくさんの草木が生い茂っていた。

ビオトープというのは自然が自然のままにある場所だから、どこかに緑の苔は必ず自生しているはずだった。

運動場で遊ぶみんなの視線を避けながら、わたしはビオトープへと向かった。

小運動場の奥にある通路を抜けると、すぐそこにひょうたん形の敷地が広がっている。そこがわたしたちの学校のビオトープだった。

あれ……なんだか前とは違う……。

その場所は、以前見たときと様子が変わっていた。

あのころはうっそうとした藪みたいだったのに、今見ると、地面の下草はいい感じに刈りこまれていたし、明るい日ざしもあちこちに届いていた。

崩れかけていた小道もしっかりと固められていて、道順を示す標識まで取りつけられていた。

小道を進んでいくと、すぐにわかった。

水の流れの近くに、サッカーボールくらいの大きさの石がいくつかあって、その石の表面には緑色の苔がびっしりとこびりついている。

きっと、ここにサト先生は来てたんだ……。

そう思った。でも、ここで先生はいったいなにをしてたんだろう。

足もとを見て、はっと気がついた。

やわらかな土。まるでていねいに耕された畑みたいだった。

そして、土の表面のあちこちから、名前はわからないけど、植物の芽がいくつも顔を出していた。

発芽……。

急にそのことばが、頭のなかにポンとうかんだ。そして、今日の授業の時間割りのことを思いだした。これからある午後の授業といえば……。

いろんなことが、ひとつひとつ、頭のなかでつながっていった。

地面のすみに一定の間隔であいている三つの小さな穴を見つけた。

「ああ、そういうことなんだ……。わかった。きっと、そうだ。」

わたしは緑に囲まれたビオトープのまんなかで、そうつぶやいていた。

（4）

五時間目の理科の授業がはじまる少し前に、わたしは教室にもどった。

もうサト先生は教室に来ていた。先生の様子を目にしただけで、自分の考えが間違っていなかったことがすぐにわかった。

だって、サト先生は、いつも以上に黒板をていねいにふいていたし、服装だって午前中とは違っていた。

いつもはラフなジャージ姿なのに、今着ているのは、すごくまじめそうな紺色のスーツだ。

クラスのみんなも、なんか変だなあって感じで、先生のほうをちらちらと見ている。

それでもまだ席につかずにおしゃべりしているところを見ると、もうすぐこの教室ではじまることには気づいていないようだった。

わたしはすぐに席についた。ぜったいに間違いないと思う。

あと、ほんの少ししたら、この教室に先生たちがたくさんやってくるはずだ。

だって、今からこの教室で、サト先生の研究授業がはじまるのだから……。

そっと教室の後ろを見た。

そのとたん、扉がからがらと開き、何人もの先生たちが次々となかに入ってきた。

隣のクラスの平村先生もいたし、六年生の古賀先生もいた。四年生の山下先生も来てくれていて、妊娠中の大きなおなかをさすりながら、みんなを見回している。そして、もちろん教頭先生の姿も……。

先生たちは、手に手にプリントをはさんだバインダーを持っている。片手にペンをかまえ、さっそくなにかを書きこんでいる先生もいた。

「げっ、研究授業じゃん。」

「マジで！」

男の子たちがさっそく騒ぎはじめた。

「静かにしなさい。先生たちがみんなの授業を見に来てくれたんだから。」

サト先生はそう注意した。でも声がうわずっている。

緊張してるんだ……。

ふいにサト先生が四月にいってたことを思いだした。

「先生ね、今年、先生になって五年目なの。だからね、いろいろあるのよねえ。先生たちに授業見てもらったり、いろいろ研修を受けたり……。」

あー、どうしてもっと早く、あのときのサト先生のことばを思いださなかったんだろう……。

そうしたら、今朝、大荷物を持ち、忙しそうにしていた先生に、

「がんばって！」

そう声をかけることができたかもしれないのに……。

朝からずっと緊張していたから先生は、午前中の授業でミスばかりしていたんだ。

サト先生は、授業のはじまりのあいさつをしたあと、

「さあ、今日はこのことについて勉強します……。」

そう仰々しくいうと、黒板に《発芽》と書かれたカードを貼りつけた。

そうか、やっぱり発芽なんだ……。

発芽について勉強するのは、今日でもう三回目だった。

それなのに戸田くんは、

「えー？　はつめってなにさ？」

と、声をあげた。そしてその後ろの小松くんは、

「マジ、難しいんですけど！」

悪ふざけするみたいに大きな声でいった。心配したのか、教頭先生がゴホンとせきばらいをした。でも男の子たちは気にもとめようとしない。

がんばってサト先生！

わたしは心のなかで声援を送った。

「仕方ないわねえ……。」

そう答えるサト先生の声はさっきより落ち着いていた。ようやく緊張を乗り越えたみたいだった。

「じゃあ、みんなにはテレビの映像を見てもらおうかな。」

そういうとサト先生は、大型テレビにかかっていた布をさっと取った。

すでにその画面にはなにかが映っていた。それはサト先生が机の上に置いているノートパソコンの映像だった。

やった。これで、きっとうまくいく！

その瞬間、わたしは確信した。

サト先生はパソコンが得意だった。それに、今までいっぱい準備をしてきたはずだったから。

ビオトープのやわらかい地面にあった、あの三つの穴……。

あれは、きっと三脚のあとだ。

その三脚にサト先生はデジカメを取りつけ、どのくらいの期間をかけたのかはわからないけど、植物の芽が土から出てきて、育っていくシーンを撮り続けたのだと思う。

じめじめした苔や泥で服を汚しながらも、それでもサト先生はもちまえのがんばり精神でビオトープに通い続けたのだろう。

だったら、きっと大丈夫だ。だってサト先生なら、みんながあっと驚くようなものを、ぜったいにつくりあげているはずだったから。

「見ててね。これが発芽の様子よ……。」

テンポのいい軽やかな音楽が流れだしたかと思うと、テレビの画面いっぱいに鮮やかな映像が映しだされた。

たくさんの写真を使った、素敵なスライドショーだった。

しだいに盛りあがっていく地面。植物の芽らしき緑が、少しだけ見える。

それでも、なかなか土のなかから顔を出すことができない。

でも、ちょっとずつちょっとずつ土を押しのけていく。ゆっくりと。けっしてあきらめることなく、一生懸命に……。

そしてついに、つややかな色をした力強い芽が姿を見せる。輝く太陽の光を一身に受けている。

感動したのは、わたしだけじゃなかった。

「マジ、すげーじゃん！」

「がんばれ、発芽！」

小松くんと戸田くんが大きな声援をあげた。しかも、真顔で。

そのあと、クラスのみんなはわたしがいうのもなんだけど、今までにないくらいに集中して授業を受けていた。

みんなたくさん発表をしたし、サト先生もちょっとことばにつまることはあったけど、わかりやすく授業を進めていった。

見ると、教頭先生が満足そうにうなずいている。

きっと、いい授業になっているのだろう。わたしもうれしさがこみあげてきた。

授業が終わりに近づいたころだった。サト先生がみんなに問いかけた。

これって、たぶん、次回の授業に続く大事な質問なんだと思う。

「この学校にはね、じつは植物がとっても育ちやすい場所があるの。少しじめじめしてるけど、とっても暖かい場所なの……。さあ、どこだかわかる人？」

サト先生の聞き方が悪かったのか、みんなの発言はぴたりと止まってしまった。そっと見回すと、どの子もきょとんとした顔をしている。

これって、まずい……。

先生はきっと、あの場所のことを、誰かに発表してもらいたいのだろう。

どうしよう……。それなのに、誰も気づいていない。

手をあげて、わたしが発表すればいい。それはよくわかっていた。

でも……。

教室のなかには先生たちがたくさん来ている。そして、みんなの様子を真剣な表情で見守っている。こんな場面で、わたしはちゃんと話せるだろうか……。

途中でことばがつまってしまうかもしれない。なにも話せなくなってしまうかもしれない。

そんなことを考えだすと、なんとかしなきゃという自分の勇気が、あっというまにしぼんでいくみたいだった。

サト先生が困った顔でみんなを見ている。

だめ。このままじゃ、せっかくの授業が台なしになっちゃう……。

わたしは大きく息をすった。

「はい。」

低い声が聞こえたのはそのときだった。はっとして声のほうを見ると、手をあげた広瀬くんが立ちあがろうとしていた。

「ビオトープじゃないですか？　まだ行ったことはないけど、この学校にもあるって聞いたし……。前の学校じゃ、ビオトープにいろんな植物が育ってました……。」

大きくサト先生がうなずいた。うれしくてたまらないという表情だった。

「そうだね。ビオトープがあるよね。」

そして、まるで重大発表をするようにみんなに語りかけた。

「じつはね、この学校のビオトープ、世話をする人がいなくて、すごく荒れてたの。それで先生ね、教頭先生やほかの先生たちといっしょに、少しずつきれいにしてきたの……」

やっぱり。だから、あんなに居心地のいい場所になってたんだ。サト先生はいつものちょっと大げさな口調でさらに続けた。

「ここでみんなに提案があるの……。みんなにも手伝ってほしいんだ。ビオトープの整備。みんなで協力してさ、もっときれいにしてみない？　そしたら、もっとたくさんの発芽が見られると思うんだけどな……。」

みんなは素直にうなずいている。

「いいんじゃね。おれ、あそこ好きだったから。」

岸本くんが、めずらしくふざけることなしにいった。

「賛成（さんせい）、わたしもあそこ好き！」

ひかりちゃんがかわいらしい声をあげた。

「いいと思いまーす。」

「ぜったい、やるべしだよ！」

こういうことが大好きなみんなは、さっそく盛りあがりだした。

「では、次の理科の時間は、ビオトープに集合ということにするわね。」

みんなはもう夢中（むちゅう）になっていた。いろんな意見がとびかい、いつもの十倍はおもしろい授業になった。

そう。サト先生の研究授業はきっと大成功だったと思う。

よかった。本当によかったと心から思った。そしてわたしは、このクラスのことが、みんなのことがさらに大好きになった。

斜（なな）め前（まえ）の席の広瀬くんが、熱心にサト先生のほうを見ている。

いつもはあまり笑うことのない広瀬くんだったけど、唇（くちびる）の端（はし）が少しだけゆるんでいるように見えた。

うれしくなった。やっぱり、素敵なことはちゃんと待っていてくれるんだよね。

わたしは席に座ったまま、ひとり喜びをかみしめていた。

第4章 読み聞かせの秘密

（1）

わたしは、すぐに緊張してしまうところがある。だから、人前で話すのは昔からすごく苦手だった。

今はそうでもないけど、話そうとしても声が出なくなってしまうこともあったし、周りにせかされて体が震えだしてしまうこともあった。

それは、ずっと昔、たぶん保育園に通いだしたころからだと思う。家族のみんなや先生たちにずっと心配をかけてきた。

でも、そんなわたしでも、本を読むのはわりと得意だった。たとえそれが、人前でもあんまりどきどきせずに、声を出して読むことができた。

去年の十二月、幼稚園児との交流があったとき、わたしは何人かの代表に選ばれて絵本の読み聞かせをしたことがある。

そのとき、一度もことばにつまることなく絵本を読み上げたので、周りにいたクラスメートや先生たちのほうがびっくりしていた。

幼い子どもたちはみんなかわいらしくて、わたしが読む絵本に目をきらきら輝かせて聞き入ってくれていた。

その表情がとっても素敵で、わたしはまた機会があったら、絵本の読み聞かせをしたいとずっと思っていた。

だから、五年生は全員、一年生の教室に、毎週、順番に読み聞かせに行くことになっていることを知って、とってもうれしかった。

五年二組の担当クラスはもちろん一年二組で、毎週金曜日の昼休みに、四人ずつ出かけていって絵本の読み聞かせをしていた。

その日、わたしは朝からちょっとどきどきしながらも、それ以上にうきうきしていた。

いよいよ今日が、わたしも含めた四人が、一年生の教室に読み聞かせに行く日だったからだ。

読み聞かせに使う絵本はもう決めていて、昨日のうちに図書室から借りてきていた。

でも、念のためにもう一冊用意しておこうと思い立った。だって、相手はまだ小さな一年生の子どもたちだったから。

「その本、おもしろくないよー！」

そういって、へそを曲げてしまうことだってあるかもしれない。

絵本をもう一冊借りておこうと、さっそく中休みに図書室へと出かけた。

図書室は二階の廊下のまんなかあたりにあった。特別教室が並んでいる階だったので、この時間にはあまり人がいなかった。

絵本はすぐに決まった。わんぱくな子犬が出てくるお話で、元気のある男の子にはうけるんじゃないかなあと思う。

すぐに教室にもどるのはもったいなかったし、わたしはいつもそうするように図書室前の掲示板をチェックすることにした。

ここのはいつもすごく凝っていて、わたしのお気に入りの掲示板のひとつだった。新刊紹介、今週のおすすめ本、貸し出しランキング、先生たちの思い出の一冊……。月替わりにいろんなコーナーが立ちあがり、手描きのイラストやメッセージがあちこちにちりばめられていた。

ながめているだけで自然とわくわくしてしまう。そんな素敵な掲示だった。

なかでもわたしがいいなあと思っているもの。それは、不定期でいきなり貼りだされる風船クイズだった。

風船クイズ……。それはわたしが勝手にそう呼んでいるだけだったけど、ようするに、風船のかたちをした色画用紙の上に図書にまつわるクイズが書きこまれたものだった。

図書室の廊下側の壁一面に取りつけられた掲示板。その広々とした空間に、まるでただようみたいに貼りつけられている風船たち。

これっていいなあと、わたしはいつも思っていた。

ただ、色画用紙の風船自体はかなり地味だったし、案外、気づいていない子たちのほうが多いのかもしれなかった。

それに、風船に書かれたクイズは、とても子ども向けとは思えないくらいの難問だった。

きょとんとしてしまう子のほうが大半なんだろうと思う。

先週見に来たときにはこんなクイズが書きこまれていた。

スマウグの弱点をこっそり聞いていた鳥ってなに？

わたしも最初、なにがなにやらわからなくて、大げさだけど頭のなかが真っ白になってしまった。

このクイズの答えはツグミなのだけど、これって、トールキンの『ホビットの冒険』を読んでいないとぜったいにわからない問題だと思う。

わたしはたまたまその本は読んでいた。

だからなんとか答えにたどりつけたけど、そうじゃなかったら、きっとお手上げだったと思う。

「あっ、新しい風船！」

掲示板の右上に、見慣れない薄紫色の風船を見つけた。きっと、最近貼られたものに違いない。

背伸(せの)びをしてのぞきこむと、風船の上には青い丸文字でこう書かれていた。

せいたかさんとおちび先生がいっしょに住んでいる国は?

せいたかさん……?

あれ、どうしたんだろう。聞き覚えのある名前なのに、なぜだか思いだせなかった。

頭のすみに、そのことばは確(たし)かに残っていた。でもだめだった。

思いだそうとすればするほど、記憶(きおく)はぼんやりとなってしまった。

たぶん、自分で読んだのではないと思う。小さいときに、パパかママか、それかおばあちゃんに読み聞かせてもらったお話に違いなかった。

あーあ、仕方ない。家に帰ったら、ママに聞いてみよう……。

そんなことを考えているときだった。

後ろに気配を感じたのでふり返ってみると、そこに広瀬(ひろせ)くんが立っていた。

困(こま)った表情をうかべて、わたしのほうをじっと見ている。

いったい、どうしたというのだろう……。

「佐々野さんも今日の昼休み、読み聞かせに行くんだよね、一年二組に。」

急にわたしに話しかけてきたので、正直びっくりした。今まで、面と向かって話したことはなかったし、ふだんはわたし以上に広瀬くんは無口だったから。

わたしは、あわててうなずいていた。

「戸田くんのかわりに、急におれも行くことになってさ……。」

戸田くんは、一時間目が終わるとすぐに早引きしていた。風邪をひいていて、熱が急にあがったらしい。

つまり、その代役が広瀬くんに決まったということなのだろう。

「あのさ、どんな本を読めばいいのか、佐々野さん知ってる？　おれ、小さい子に読み聞かせなんかしたことなくてさ、まいってるんだ。」

そうか。そういうことなんだ……。

たぶん、広瀬くんはサト先生に突然、読み聞かせを頼まれ、あわてて、読む本をさがしにやってきたのだろう。

絵本のことを、広瀬くんにうまく説明できるかどうか不安だった。

けれど、広瀬くんは本当に困りきった様子だったし、わたしでよければ力になりたかった。ちょっと息をすいこみ、ゆっくりと声を出した。

「あの……みんな……知っているお話が……いいと思う……。」

「みんながよく知っているお話ってことだよね。たとえば、どんな？」

広瀬くんは真剣な表情でわたしを見ている。

「……三匹の子ぶたとか……赤ずきんとか……。さるかに合戦とか……。」

「そっか。確かにそれっていいかも……。一年生が知っている話だったら、こっちの読み方がへたでもちゃんと内容は伝わるってことだもんな。」

不思議なことに広瀬くんは、わたしがうまく伝えきれなかったことも、ちゃんとわかってくれていた。それがうれしかった。

じつは、このアドバイスはわたしのおばあちゃんから教えてもらったものだった。

背伸びなんかしなくてもいい。読みやすい、みんなが知っている本を読んであげればそれだけで大丈夫。あとは子どもたちひとりひとりが、自分の頭のなかでどんどん想像して、どんどん楽しむことができるから……。

おばあちゃんは、あのとき、そういって応援してくれた。

「わかったよ。ありがとう佐々野さん。おれ、それ聞いて、ちょっと安心した。今からさがしてくるよ。」

そういうと広瀬くんは、そのまま図書室のなかに入っていった。

さがすのを手伝ったほうがいいのかなあとも思った。でも、そこまですると、余計なお節介になるだけかもしれなかったし、結局やめにした。

そのかわりといったらなんだけど、一年生が大喜びするように、わたしもがんばって読み聞かせをしようと思った。

そうすれば、広瀬くんもきっと楽しみながら絵本が読めるはずだった。

（2）

給食が終わり、昼休みがやってきた。

選んだ絵本を持って一年二組に出かけると、子どもたちはもう床に座って、わたしたちが来るのを今か今かと待っていてくれた。

机とつくえいすはすでに教室の後ろに動かしてあったので、広々とした板張りいたばりのフローリングがわたしたちの読み聞かせの場所となっていた。

「さあ、五年生のお兄さん、お姉さんたちが来てくれたよ！」

担任たんにんの男の先生が大げさなしぐさで、わたしたちを招まねきいれてくれた。

わたしと広瀬くん、それに、亜沙美あさみちゃんと上原うえはらくんの四人は、テンションがあがって大騒おおさわぎしている一年生に、ちょっと驚おどろいてしまっていた。

だけど、しーんとされてしまうより、こっちのほうがやっぱりわたしは好きだった。

広瀬くんはわたしの横に立っていたけど、ちょっとだけ青ざめた顔をしていた。

教室の四すみにいすが用意されていて、わたしたちは、それぞれ四つの場所で、同時に絵本の読み聞かせをすることになっていた。

こうすれば、子どもたちは、自分の好みの絵本のところに行くことができる。子どもによっては、あちこち回って、いくつものお話を楽しめるかもしれない。

でも、自分のところに誰だれも来なかったらどうしよう……。

そんなことをちらりと思ったけど、どうやらそんな心配はいらないみたいだった。

担任の先生は男の先生らしく、クラスの子どもたちをあっさりと四つに分けた。そして、あっというまに四つの場所に座らせた。

「さあ、みんな拍手、拍手！」

先生のかけ声で、子どもたちはいっせいに手をたたき、読み聞かせの時間ははじまった。

わたしが座ったいすの前には、足にくっついてくるくらいの距離に子どもたちがにじりよっている。

ちょっとだけ声が震えたけど、覚悟を決めて絵本を読みはじめた。

そう。わたしは本を読むのは大丈夫なんだから。それはもう実証ずみなんだから……。

用意した絵本の一冊目は、小さな女の子がキツネの人形といっしょに旅をするというお話だった。

昔から大好きな絵本で、たぶん、書かれている文章は全部頭に入っていると思う。

だからこそ、文字を意識しないと、どんどん早口になりそう。目で文章を追いながら、でも、自分なりに気持ちをこめて読み聞かせをした。

いちばん前に座っていたおさげ髪の女の子が、お話が進むにつれて、表情豊かに笑ったり、はらはらしたりしてくれていたので、すごくうれしかった。

小さいときの自分もこんな感じだったのかも……。そう思うと、なんだかジンとしてしまった。

一冊目が終わったとき、広瀬くんのほうをちらりと見た。

ちょっと驚いたのは、意外なほどに落ち着いていて、子どもたちをしっかり見ながら絵本を読んでいることだった。

中休みにはあんなに不安そうだったのに、今はぜんぜん違う。やっぱり男の子って、ここ一番の勇気があるんだなあって思った。

ただ、ちょっとだけ気の毒だと思ったのは、男の子がひとり、床に転がったり走り回ったりして、めちゃくちゃ騒いでいることだった。

一年生だからそれはもう仕方のないことだったけど、せっかくの広瀬くんの読み聞かせがなんだかもったいないなあって思った。

けれど広瀬くんは、イライラしたり怒ったりする素振りもなく、にこやかに絵本を読み続けている。それって、すごくいいなあってわたしは思った。

亜沙美ちゃんも上原くんも、自分なりのペースで、読み聞かせを楽しんでいる。

たぶん、今週の読み聞かせは大成功だったんじゃないかなあ。

わたしは、自信を持ってそう思った。

（3）

その日の五時間目は理科の授業だった。

五年二組のみんなは、ビオトープで植物の生長の様子を観察していた。

サト先生の指示のもと、今まで何回かこの場所の整備の手伝いをした。もちろん、ほかのクラスの子たちや先生たちも協力をしてくれていて、この場所は見違えるくらいにきれいになっていた。

全校集会のとき、校長先生が感動しましたとしきりに繰り返していたし、学校のホームページにもビオトープのコーナーができあがっていた。

もう少しで五時間目が終わりになるというときだった。

木立をかきわける音がしたかと思うと、男の先生があわてた様子でビオトープに姿を見せた。

その先生は、昼休みに訪問した、あの一年二組の男の先生だった。

その先生はサト先生になにかを耳打ちすると、いきなり広瀬くんを手招きした。

そして、広瀬くんの手を引っぱると、木立の外のほうへと連れていった。

「え？　なんだ、あれ？」

男の子が驚いた声をあげた。

「広瀬のやつ、なにしでかしたんだ？」

サト先生はすぐに注意をしたけど、男の子だけでなく、女の子たちもあれこれとおしゃべりをはじめてしまった。

しばらくすると、広瀬くんだけがビオトープにもどってきた。なにかを考えこんでいるみたいで、すっかり黙りこんでいた。

いったい、なにが起こったんだろう……。わたしも気になって仕方がなかった。

理科の観察が終わって、教室にもどる途中、いきなり広瀬くんがわたしのところにやってきた。

「佐々野さん、ちょっと聞きたいことがあるんだけど。」

え……？　いきなりだったので戸惑ってしまった。広瀬くんの表情は暗く沈んでいたし、なんだか嫌な予感がした。

「あのさ、佐々野さん、なにか覚えてないかと思ってさ……。」

「な、なに……？」

「ほら、昼休みに一年二組で読み聞かせしたとき、おれのところにすごく大騒ぎしてる男の子がいたじゃない。その子、あのときなにか変わったことなかったかなあって思って。おれ、本を読むのでいっぱいいっぱいだったからさ……。佐々野さん、なにか覚えてないかなあって思って。」

いったいそれって、どういうことなんだろう。男の子がどうかしたのだろうか？

広瀬くんは眉の間にしわをよせ、すごくうろたえた様子だった。

「じつはさ、行方不明らしいんだよ、あの男の子。放課後にいなくなったんだって、さっき担任の先生がやってきて教えてくれた。あの先生、おれがなにか知らないかと思ってきたんだけど……残念だけど、役に立つようなこと、なにも覚えてなくてさ……。」

広瀬くんは悔しそうに唇をかんだ。

「あの……もっと……。」

「わかった。もっと詳しく話すよ。さっき聞いたことなんだけど……。」

そういうと広瀬くんは、一年生の先生から教えてもらったことを話しはじめた。

わたしたちは階段をあがったところに立ち止まったままだった。次は掃除の時間で、クラスの子たちは決められた清掃場所へすでに行こうとしている。

でも、そのときのわたしは、掃除のことよりも広瀬くんの話を聞くことのほうが重要に思えた。

広瀬くんは少し早口だったけど、わたしがわかるように、ていねいに話をしてくれた。

あの男の子は落ち着かないところがあったけど、どうやら今日は特別だったらしい。

一年生の日課だと、昼休みが終わったら子どもたちは下校することになっていた。

男の子は毎日、学童へ行って下校後の時間を過ごしていたけど、今日は用事があるということで、彼のお母さんが直接学校に迎えに来ることになっていた。だから、うれしくて、いつも以上に興奮していたということだった。

それなのに、用事が長引いたみたいで、彼のお母さんが来るのが遅くなった。

先生は、男の子を教室で待たせるようにした。ほかの子たちもやがてみんな帰ってしまったので、担任の先生がいっしょに教室にいてあげていたらしい。

けれど、急用の電話が担任の先生にかかってきてしまい、

「先生、ちょっと職員室に行ってくるね。すぐもどってくるから、このまま教室で待っているんだよ。大丈夫、お母さんはもう少ししたら、ここに来てくれるから。」

そういって教室を離れたということだった。

そして、先生がもどってきたときには、その子の姿は教室から消えていて、それで大騒動になったらしい。

「……お母さんが……。」

わたしが全部いい終わらないうちに、広瀬くんはわたしの問いかけにすばやく答えてくれた。

「先生がいない間にお母さんが迎えに来たわけじゃないんだよ。だって、その子のお母さんはしばらくして教室にやってきたんだけど、男の子がいないことを知って、泣きだしてしまったそうなんだ。男の子に会っていないんだって……。」

広瀬くんはつらそうな顔をしている。

きっと、泣きだしたお母さんの気持ちを考えたのだと思う。お母さんは、遅れた自分がいけなかったのだと自分自身を強く責めたのだろう。

「担任の先生は、男の子のお母さんに、先に家に帰ってもらったっていってた。もしかしたら、男の子が直接ひとりで家に帰ってしまったっていうこともあるから。」

「そう……なんだ……。」

「どうかな佐々野さん、なにか気になること覚えてないかな?」

せっぱつまった感じで、広瀬くんはまたわたしに尋ねた。

「ご、ごめん……。離れていたから……その子の様子、少ししか見てなくて……。」

わたしは正直に答えた。それに、あのとき教室はすごく騒々しかった、あの男の子がなにかしゃべっていたとしても、わたしの耳には届いていなかったと思う。

「うん。わかった。ごめん、引きとめてしまって。」

広瀬くんはわたしに頭をさげた。

「あの……。」

わたしは、背中を向け、歩いて行こうとしている広瀬くんを思わず呼びとめていた。

もうひとつ、どうしても尋ねたいことがあったから。

「教えて……。広瀬くんが、読んであげてた絵本って……なんなのかな……？」

ふり返り、一瞬、あっけにとられていた広瀬くんだったけど、すぐに教えてくれた。

「『おおかみと七匹の子やぎ』だよ。おれの場合はその本一冊だけ。それが精一杯だったから。でも、佐々野さんが教えてくれたから、けっこううまくいったと思うんだ。あの子たち、すごく喜んでくれてたし……。」

「おおかみと……。」

おおかみと七匹の子やぎ。それはもちろん有名な童話で、わたしもよく知っている。

おおかみに狙われた子やぎたちのお話で、はらはらどきどきして、でも最後には、あーよかったっていいたくなるようなおもしろい物語だった。

はっと気がついた。

もしかして、そういうことかも……。

考えてみればすごく単純に思えたけど、小さい子だからこそ、そんなことをするのかもしれない……。そう思った。

わたしは気を静めるように大きく息をすいこんだ。

広瀬くんにわかってもらえるように、あわてないで話をしなくてはいけなかった。

「もしかして……その子、大時計に隠れたのかも……。だって、絵本だと……おおかみにおそわれたとき……一匹だけ、大時計のなかに隠れていたから……。」

広瀬くんはあっという表情をした。

「大時計の扉を開けて……かわいそうな子やぎを見つけるのは……お母さんやぎだったよ。だから、その男の子、時計のなかに隠れて……お母さんが来てくれるのを待とうとしたんじゃ……。」

よかった。最後までなんとか伝えることができた。

広瀬くんに話すときは、なぜだか気持ちが楽だった。気心の知れた仲のいい友だちみたいな感じがした。

広瀬くんはわたしのいったことをもう一度かみしめているようだった。でも、納得がいかないのか、すぐにまた問いかけてきた。

「だけど佐々野さん。この学校に男の子が隠れることができるくらいの大時計ってあるのかなあ。玄関にも校長室にも、そんな大きな時計は置いていなかったと思うんだ。」

そうだった……。広瀬くんのいうとおりで、この学校にはそんな大時計なんかどこにもなかった。

あるのは丸い壁かけ時計だった。

いけない。いちばん大事なことをなにも考えていなかった。あれはやっぱり絵本のなかだけの特別なことだったんだ。

「ご、ごめんなさい……。」

「あのさ、よかったら行ってみない？」

「えっ……？」

「一年二組の教室。男の子はそこからいなくなったんだから、行ってみたらなにかわかるかも……。」

どうして広瀬くんは、わたしにそんなことをいうのだろう。わたしが見ても、なにもわかるはずないのに。

わたしの心のなかをのぞいたみたいに広瀬くんは続けた。

「自信ないんだよ、ひとりだと。でも、佐々野さんならなにか気づくかもしれない。だってさ、佐々野さんって、いつもみんなのこととかよく見てるじゃない。いつもいろんなことを頭のなかで考えているみたいに思えるんだ……。なんとなくだけどさ。」

「そ、そんなこと……ないけど……。」

「頼むよ。」

広瀬くんはもう一度わたしに声をかけた。

断ろうと思ったけど、結局、わたしはついていくことにした。だって、男の子のことがやっぱり気になって仕方なかったから。

わたしは広瀬くんのあとについて、一年二組の教室へと階段を降りていった。

一年生の教室があるあたりは、不思議なくらい人気がなかった。

子どもたちがもう下校してしまっていることもあったけど、もしかしたら、低学年の先生たちは、男の子をさがそうと外に出かけているのかもしれなかった。

一年二組の教室をのぞくと、昼休みに来たときとは違って、しんと静まりかえっていた。

もちろん今は、机といすが等間隔にきちんと並べられ、どこにでもある普通の教室にもどっていた。窓際の棚には算数セットの箱が重ねて置いてある。そして、その横には絵の具セットが並んでいる。

教室の後ろには掃除道具入れがあった。でも、その扉は開いていて、ほうきとかバケツとかが外に引っぱりだされている。

あー、そうか。きっと、担任の先生はまずいちばんはじめに、このなかをさがしたんだろう。

わたしも覚えているけど、低学年のときなんか、男の子たちはだいたいいつも掃除道具入れのなかに隠れてかくれんぼとかをしていたから……。

「やっぱり、ないよな……。」

教室のなかを丹念に見回していた広瀬くんが、ぼそりというのが聞こえた。

きっと、わたしがいったことをまだ信じていて、大時計みたいなものがないかとさがしていたのだと思った。

あー、あんなこと勢いでいわなければよかったと後悔した。

「あの男の子のこと、少しだけど見覚えがあったんだ……。体育館でうちの男子がドッジボールをしていたとき、ぼくもいれてって騒いでいたから……。だから、読み聞かせのとき、あの子が動き回ってるのを見て、あー、仕方ないなあって思ったんだよ。でもね、それでも、あの男の子が、いちばん、一生懸命に聞いてくれていたんだ。おれのへたくそな絵本の読み聞かせを……。」

教室のすみに視線を向けながら広瀬くんがいった。その場所は、広瀬くんが読み聞かせをしていたところだった。

「あの男の子、お母さんやぎが、いなくなった子やぎたちをおろおろとさがしている場面ではさ、早く早く、時計のなかにいるよ、なかで待っているよって、めちゃくちゃ興奮してたんだよ……。だから、佐々野さんがいってた大時計のなかっていうのは、十分ありえるって思ったんだ。」

そして広瀬くんはちょっとだけ笑った。

「もうあとは先生たちにまかせなきゃな。それに、案外、ひとりで家に帰っているかもしれないしね……。おれたちのほうこそ早く教室にもどらないと、掃除サボってたって、ぜったい文句いわれるよな。」

掃除かあ……。

そのとたん、頭のなかにいろんな考えが駆け回った。ああ、そういうことなのかもしれないと強く思った。

「やっぱり……大時計でよかったのかもしれない……。ほら、あの掃除道具……。」

わたしは教室の後ろを指さした。

「あのバケツとか……先生が男の子をさがしているときに、引っぱりだしたって思ってた……。だけど違ったのかも……。」

広瀬くんはわたしのいおうとしたことに、すぐに気がついたみたいだった。

「そっか、そうだよ。だって、バケツなんか出さなくても、ドアを開けたらなかにいるかどうかなんて、すぐにわかるもん。中身を全部出す必要なんてないよなあ……。え？　じゃあ、あれって誰が出したのかな?」

広瀬くんが答えを求めるようにわたしを見た。わたしは小さくうなずいた。

「男の子……だと思う……。」

「え、どうして?」

「子やぎみたいに……絵本の。ここに隠れて、お母さんに……さがしてほしかったんじゃ……。」

「つまり、男の子がここに入ってたものを外に出して、掃除道具入れのなかに隠れたってこと? なかに隠れて、迎えに来たお母さんに見つけてもらおうとしたって、佐々野さんは考えたんだね。確かに、絵本のなかの大時計のかたちに、この掃除道具入れは似ているけど……。でもさ、時計はどこにもないんだよ。しっくりこないんじゃないかなあ……。」

わたしはもう一度、頭のなかを整理して、ゆっくりと説明した。

「持ってこようとしたのかも……時計。ほら、扉の上のほうに……フックがついてるし……。」

「ほんとだ。確かにフックがある。ここにかけようと思えばかけられる。それならどこかから時計を持ってきちゃえばいいんだ……。そしたら、大時計みたいになる……。でも、本物の時計を持ってくるのは無理だよね。だって、みんな壁にかかっているから。小さい一年生がひとりでそれを外すなんてことは、かなりハードルが高いよ……。」

そして、広瀬くんは黙りこんだ。けれど、次の瞬間には勢いよく手をたたき、わたしがいおうとしたことを先にいってくれた。

「そうか、時計の模型だ！　あれならいける！　プラスチックでできてて軽いから。算数の時計の勉強で、先生がよく使っていたあの時計の模型……。」

広瀬くんは、教室のなかを見回した。でも、見慣れたあの時計の模型はどこにもなかった。

「ここにないっていうことは……。」

そう広瀬くんはことばを続けた。

「わかった、教材準備室だ。あそこには先生たちが授業で使ういろんな道具が置いてあるはずだから。」

うれしくなった。わたしも広瀬くんとまったく同じ考えだった。男の子は準備室に模型を取りに行ったのかもしれない。

「確か、この階の教材準備室は……。」

「こっち……。」

わたしは教室のある方向を指さしていた。ここの廊下のいちばん端のつきあたり。そこのあき教室が準備室になっているはずだった。

わたしと広瀬くんはすぐにその準備室へと駆けだした。

教材準備室につくやいなや、ドアの引き手に広瀬くんが手をかけた。

ぐっと力をこめている。このなかに男の子がいるのかもしれない……。

「あ……。」

広瀬くんは小さく声をもらした。

「だめだ。この部屋、鍵がかかってる……。」

え？　うそ……。

けれどうそじゃなかった。

勝手に子どもたちが入らないように、この準備室には先生たちがちゃんと鍵をかけていた。

窓とか、小さな子が忍(しの)びこめるところがないかと思って、いろんなところを見た。でも、窓にも全部鍵がかかっていたし、男の子が入った様子はどこにもなかった。

がっかりして肩(かた)を落とした。ぜったい、ここだと思ったのに……。

「仕方ないよ……。」

広瀬くんがなぐさめるように声をかけてくれた。

じゃあ、どこにいるのだろう、あの子は……。どこかで、ちゃんとお母さんと会えていればいいのだけど。

わたしは自分の考えの甘(あま)さに、あきれていた。情(なさ)けなかった。えらそうに広瀬くんに話したことは、全部、間違っていたのだから……。

「ほかにないかなあ、なにか、大時計のかわりになるもの……。」

けれど広瀬くんは、まだあきらめていなかった。

それだけ彼は、いなくなった男の子のことを真剣に心配しているのだろう。

もう一度考えてみようと思った。わたしも広瀬くんみたいに、すぐにあきらめてしまわないで、もう一度最初から考え直してみようと思った。

きっとどこかに、なにかヒントとなるようなことがあるはずだった。

広瀬くんが話してくれたことばが、そのとき耳の奥でもう一度聞こえたような気がした。

「体育館……！」

わたしは拳をにぎりしめて、そう叫んだ。

「体育館？」

「そう。あそこだったらタイマーがある……。ほら、体育のゲームで使う……大きな丸いタイマー。針が動くのが……。」

「あっ、確かに！　あれは大時計にすごく似ている。」

広瀬くんも声をあげた。

ついさっき、教室で広瀬くんはいっていた。クラスの子たちが体育館でドッジボールをしているときに、あの男の子が見にきてたって。

ということは、その子は、体育館によく出入りしていたということになる。だったら、タイマーが置いてあることもきっと知っていたはずだ。

「行こう！」

広瀬くんが叫んだ。

そして、わたしと広瀬くんは、そのまま体育館へと駆けだした。

（4）

わたしたちはとうとう男の子を見つけることができた。

体育館には荷物を置く体育倉庫があって、そのなかの積み上げられたマットの上で、たぶん疲れてしまったのだと思う。男の子は気持ちよく寝息をたてていた。

すぐに、広瀬くんが先生たちに知らせにいった。

倉庫の扉には鍵はかかっていなかったけど、すごくたてつけが悪かった。

だから、入ったのはいいけど、うっかり扉を閉めてしまったものだから、もうその後は、その子の力では開けられなくなったみたいだった。

だって、わたしと広瀬くんもふたりがかりで、やっと扉を開けることができたくらいだから。

眠(ねむ)っている男の子のそばには、やっぱり針と数字がついた大きなタイマーの道具があった。

ほっとして、思わず笑ってしまった。

こんな重たいタイマー。どうやって運ぼうとしたんだろう、この子。

それだけ、本当に大時計をつくりたかったんだよね……。お母さんに見つけてほしかったんだよね……。


掃除をサボってしまったので、サト先生は帰りの会のあと、わたしたちを残して、やっぱり叱(しか)った。

でも、一年生の先生から聞いていたのか、それでも顔はおだやかなほうだった。

真理子(まりこ)ちゃんたちと帰りの待ち合わせをしていたので、その後、わたしはあわてて玄関に向かった。

後ろから遅れてきていた広瀬くんが、階段の上のほうからわたしを呼びとめた。

ふり返ると、広瀬くんが早口でいった。

「矢じるしの先っぽの国。」

えっ？

「ほら、図書室の前に貼ってあったクイズの答え。あの本、読んだことがあるから。」

そうだった。

せいたかさんとおちび先生。あれって、『だれも知らない小さな国』に出ていた登場人物の名前だった。

ずっと昔、おばあちゃんに読み聞かせをしてもらった記憶がよみがえった。

小さな小さなコロボックルたちが、せいたかさんがつくった地図を見て、そういっていた。

矢じるしの先っぽの国って。

立ち止まって広瀬くんにちゃんとお礼をいいたかったけど、待ち合わせがあったので、わたしはぺこりと頭をさげ、階段を急いで降りていった。

第5章 干支（えと）の秘密（ひみつ）

（1）

よく晴れた朝。やっぱり金曜日はみんなのテンションが違った。明日は休みだし、通学路を通り過ぎるみんなの表情はとっても明るい。

「よっし、走れー！」

「転ぶなよー！」

「ちょっと待ってよー！」

元気な男の子たちがわたしのあとから来て、あっというまに追い越していく。

笑い声に、呼び声、軽快な歌声に軽やかな口笛までもが通学路に響いている。

わたしの家はママの仕事の関係で朝が早かったし、わたしの登校時刻だってけっこう早い。

いつもだったら、こんなふうにほかの子から追い越されるなんてことはなくて、正門から玄関への小道を通るときなんか、まんなかをゆうゆうと歩くことができた。

その時刻に登校する子はほとんどいなかったし、まるで学校をひとりじめしているみたいな感じがしていた。

でも、六月に入り、少しずつ暑くなってくると、やっぱりみんなも早起きになってくる。

みんなの登校時刻もどんどん早くなってきて、男の子たちなんか、まるで、「血が騒ぐ！」みたいに平気で学校まで走ってやってくる。これにはもう、かなうわけない。

わたしが玄関に入ったときにはもう、にぎやかな声が校舎のなかから響いていたし、玄関先でふざけあっている男の子たちだっていた。

前みたいに掲示物をゆっくり見て回ろうと思うなら、もっと早めに家を出る必要があるなあとわたしは思った。

ちらりと六年生の靴箱を見た。そこには上履きしかなくて、外履きは一足もない。

もちろん、それはそう。六年生は水曜日から二泊三日の修学旅行に出かけていたのだから。

帰ってくるのは今日の夕方だったと思う。でも、駅前で解散だから、学校にやってくるのは来週ということになる。

つまり、今日までの三日間は、わたしたち五年生がこの学校のなかでいちばんの上級生ということになる。

校長先生が全校集会のときにそういっていた。なんだかかなりプレッシャーだったけど、

「六年生がいない間、留守は五年生がしっかりと守ってくださいね。」

それも今日で終わりだった。

靴を脱ぎ、上履きに履き替えた。

一番乗りは無理そうだったけど、それでも、係の仕事をしたり、図書室に行ったりする時間はたっぷりある。

床にあがろうとしたとき、わたしは、靴箱の上に並んでいる干支の人形に視線を走らせ

た。

　あー、まただ……。思わず肩をすくめた。

　靴箱の上に置かれている干支の人形たちが、また勝手に並べ替えられていた。

　こわされたり持ち運ばれたりしているわけじゃないので、もちろんそんなに目くじらをたてることではないかもしれない。

　ただ、わたしはママ似の几帳面な性格だったし、並び方が決まっている干支たちが、順番も守らずにそこに置いてあるのはいい気がしなかった。

　といっても、十二、いや違う、猫の人形もまじっているので十三の人形が全部ばらばらになっているわけではない。

　そのなかの四つの人形だけが、引っぱりだされて、干支たちの並びの少し前のほうに置かれていた。

　じつは、今日みたいないたずらは、今週の月曜日から続いている。

　でも、昨日はなにごともなかったので、このいたずらはてっきりもう終わったのだと思っていた。悪ふざけが大好きな子が、気まぐれでやっていたことだったんだなあと、自分なりに納得していた。

ところが、一日置いて、この変ないたずらがまた復活している。

しつこいというか、わけがわからないというか……。

それにしても、どうして毎回この四つの人形なのだろう。それに、いつも同じ並び方だったし……。

わたしはその人形に顔を近づけていた。

干支の人形の正しい頭の向きは、ふだんなら、わたしから見て左向きということになる。

なのにこの四つの人形は、並ぶ順番にくわえて向きもばらばらだった。

一番目にいるのはウサギで右向き。つまり、先頭にいるくせに反対をふり返っていることになる。

そして、二番目は虎でこちらは正しく左向き。なんだかふり返ったウサギと顔をつきあわせているみたい。

三番目は蛇で、ウサギと同じく反対を向いた右向き。それだけではなくて、続く四番目の羊も反対の右向きなので、まるで、逃げる羊を蛇が追いかけているようにも見える。

わたしは最初この四つの人形を見たとき、へんてこなお話のイメージがうかんだ。

ウサギの王様が家来をつれて旅に出かけていた。

途中(とちゅう)、異様(いよう)な気配にウサギの王はふり返る。するとそこには、王を裏切(うらぎ)り、今まさにおそいかかってこようとしている家来の虎がいた。

いや裏切ったのはじつは虎だけではなかった。家来の蛇も、いつのまにか悪に染(そ)まり、従順(じゅうじゅん)な執事(しつじ)の羊にふり返りざまに食いつこうとしていた。そして、懸命(けんめい)に逃げだそうとする羊……。

もちろんこれはわたしの想像(そうぞう)だった。

だから、この人形を並べた誰(だれ)かは、もっと別の考えがあって四つの人形をこんなふうに並べたのかもしれない。

いやいや、特に意味なんかなくて、たまたま並べてみたらこうなってしまって、次のいたずらでも同じように並べてみただけなのかもしれない。

いつのまにかわたしは腕組(うでぐ)みをしていた。いろんな考えが頭のなかをぐるぐると回転していた。

「おはよう香菜(かな)ちゃん。あれ？　なにやってんの？」

登校して、玄関に入ってきていた亜沙美(あさみ)ちゃんが、小首をかしげてこっちを見ている。

「あっ……おはよう……。」

いけない。あーあ、なにやってんだか。

またこんなことに夢中(むちゅう)になってしまって……。

それでもわたしは、亜沙美ちゃんが上履きに履き替えている間に、四つの人形にさっと手を伸(の)ばし、もとの干支の列へともどしてあげた。

だって、十二支(じゅうにし)なんだから、ちゃんとした順番に並んでいなくてはすっきりしないから。

「行こう、香菜ちゃん。」

「うん……。」

そしてわたしは、元気な亜沙美ちゃんといっしょに、教室への階段(かいだん)をのぼっていった。

教室には、ひかりちゃんと、春菜(はるな)ちゃん、それに広瀬(ひろせ)くんがいた。

「おはよう、亜沙美ちゃん。ねえ、絵の具道具、持ってきたー？」

「えー、図工って、スケッチだったっけー。」

亜沙美ちゃんはランドセルを置くやいなや、さっそく、ひかりちゃんたちのところに行ってお話をはじめた。

わたしはランドセルから荷物を出して、机のなかにいれた。

斜め前の席には広瀬くんがすでに座っていて、片肘をつき、手であごをささえながらなにかの本を読んでいる。

クラスの子たちが次から次に教室に入ってきた。

休み前の金曜日だから、やっぱりみんな機嫌がよくて元気がいい。教室のなかはしだいしだいに騒々しくなる。

「おい広瀬、こっちに来いよ。サッカーの作戦会議はじめるぞ!」

「うん、わかった。」

声がかかると、広瀬くんはすぐに本を置き、集まっていた男の子たちのなかへと入っていった。

広瀬くんはもうひとりぼっちじゃない。そのことが、自分のことのようにうれしかった。

一度、サト先生が顔を出したけど、打ち合わせがあるので、また職員室にもどっていった。

六年生の先生とか養護の先生とか、あと校長先生も修学旅行に行っているので、どうやらサト先生もいろいろ忙しいみたいだった。

わたしは係の仕事をすませて席についた。

あともう少ししたら、始業を知らせるチャイムが鳴るはずだった。

一時間目は国語だったので、わたしは教科書とノートを出し、ノートはもう今日使うところを開いて準備をととのえた。

そうしながら、またみんなの会話に耳をかたむけた。

けれど、今日はどうしたことか、みんなの話し声とか様子とかよりも、玄関の靴箱のところで見た干支の人形のことがまだ頭にひっかかっていた。

かわいそうなウサギの王様と裏切り者の家来たち……。

それはそれでおもしろいけど、もっと別の意味があったとしたらどうなんだろう。

わたしは国語のノートの上の余白に、さっきの四つの人形の絵を描いてみた。

絵は正直いって、うまくない。でも描いてみると、頭が整理されたような気がする。これが動物たちのお話をあらわしているのなら、もうこれ以上頭をひねっても仕方がない。

だって、お話に決まりはないし、人によって想像の仕方はさまざまだから。

けれど、もしもこれがなにかの暗号だったらどうだろう。それなら、すごくおもしろいし、わくわくするし、考えてみる価値はある。

国語の授業がはじまって、サト先生が今日のねらいを黒板に書きだしたというのに、わたしの頭のなかはまだ四つの人形が占めていた。

まさか、四つの人形がなにかのことばになるとか？

動物の名前の頭文字を使うとかはどうだろう。

ウサギだから「う」、虎だから「と」。そして蛇の「へ」と羊の「ひ」。この四つの文字をつなげたら……。

うとへひ

だめだ。こんなことば聞いたことない。

ちょっと待って。ウサギと蛇と羊は反対向きだから、頭文字ではなくて最後の文字を使うとかはどうだろう。だとしたら……。

ぎとびじ

あー、なおさら意味がない。話にならない。

あー、いけないい、いけない。こんなことばっかり考えてたら。授業中なのに、大切なことがぜんぜん頭に入ってこない。

わたしは、消しゴムを取りだすと余白に描いた人形の絵をごしごしと消した。

（2）

二時間目の算数は小数のかけ算だった。

筆算は得意だったので、小数点の位置さえ間違わなければ、あとはもう簡単だった。

それでつい、勉強とは違うことをまた頭が考えだしていた。

サト先生、ごめんなさい。

心のなかであやまってみたけど、頭のなかでは、干支の人形たちが忙しく走り回っていた。

干支……。十二支の人形……。ああそうか、とびいりの猫の人形もいたっけ。

十二支に猫が入りこんでいるなんて、この学校くらいなのかもしれないなあ。

もちろん、誰かがふざけて猫の人形を置いただけなんだけど。

ふざけて……。

じゃあ、もしふざけてなかったとしたら？　ふざけてなんかなくて、ちゃんと意味があったとしたら？

意味？　猫の人形を干支のなかにいれる必要があったってこと……？　いれなければ暗号ができなかったということ？

でも、それはおかしい。

だって、ウサギと虎と蛇と羊は、十二支の人形たちのなかから引っぱりだされて、しかもその四つは、ばらばらの順番、ばらばらの向きで並べられていたんだから。

猫がいてもいなくても、あの四つの人形にはなんの影響もなかったはずだ。

やっぱり、おふざけが好きな誰かが、たまたま猫の人形を十二支のなかにいれただけなのかもしれない。

「もっと集中して計算してよ。いくら小数点の位置が合ってても、筆算自体が間違ってたらだめなんだから。」

サト先生の声が響いた。

何人かの子たちがあてられて、前の黒板で小数のかけ算を筆算でといている。そして、答え合わせをしながら、サト先生が注意をしている。

ノートを見た。よかった。計算はちゃんと合ってる。数字は間違っていなかった。

数字……。

考え方を変えてみたらどうなんだろう。

最初から、猫は関係なかった。猫じゃなくてもよかった。

ただ、人形をひとつ置きさえすればよかった。

そう。十二支じゃなくて十三支にすることができればよかった……。

十二じゃなくて十三。十三の人形。十三……。

この十三という数になにか重要な意味があったとしたら。

十三。十三……。

口のなかで何度もつぶやいてみた。

けれどだめだった。なんにもわからなかった。さすがにわかるわけないと思った。

顔をあげると、授業はもう残り五分で、最後のまとめに入っていた。

教科書の筆算問題をノートに書き写して計算する。それができた人から終わっていいですとサト先生はいった。

ひとまずやってしまおう。計算は得意なんだから。

まとめの問題をすませ、わたしが一息ついたとき、斜め前にいる広瀬くんはもうすでに終わってしまっていた。

そして今は教科書とノートを机のなかに片付けようとしている。

教科書の後ろに彼(かれ)の名前がローマ字で書いてあるのが見えた。

HIROSE……。

なんだかかっこいい。アルファベットの一字一字がていねいに書きこまれている。

一字一字……。アルファベットの一字一字……。

思わず声を出してしまっていた。

「あっ。」

大きな声ではなかったけど、それでも、近くの子たちはこっちを見ている。

広瀬くんも、首をかしげながらわたしをふり返った。

あわてて下を向き、計算を続けているふりをした。

でも、そのときのわたしは本当はもう計算なんかどうでもよかった。ある思いつきが頭にあふれていた。

わたしは、アルファベットの歌を口のなかでつぶやきながら、AからZまでの文字をノートの余白に縦一列に書いた。

そして、並べ替えられた四つの人形の姿（すがた）を頭にうかべた。

虎は左向き。ほかの三つは右向きだった。

ということは、ひとつの人形には左向きと右向きの二つのパターンがあるということになる。

十三の人形ひとつひとつに左向きと右向きの二つのパターンがあるとしたら……。

十三が二倍になって、二十六になる。

二十六……。つまり、アルファベットと同じ数になるということだった。

それなら、干支の人形でアルファベットの文字をあらわすことができるはずだ。

わたしは、二十六文字のアルファベットを最初から二文字ずつ、線で区切った。それから、その二文字の横に十二支の名前を書いていった。

ねー、うし、とら、うー、たつ、みー。うま、ひつじ。さる、とり、いぬ、いー……。

たぶん、おばあちゃんに教えてもらったのだと思う。あのリズムを口ずさみながら。

AB／CD／EF／GH／IJ／KL／MN／OP／QR／ST／UV／WX／YZ
ねずみ　うし　とら　うさぎ　たつ　へび　うま　ひつじ　さる　とり　いぬ　いのしし　猫

もちろん猫はいちばん最後。そうでなければ、十二支の並び方のルールがこわれてしまうから。

そうすると、たとえば、ねずみは干支の並びだと一番目だから、左向きのねずみは「A」になり、右向きのねずみは「B」ということになる。

牛だったら、干支の並びだと二番目だから、左向きの牛は「C」、右向きの牛は「D」になる。

じゃあ四つの人形は、アルファベットでいえば、なににあてはまるのだろう……。

ウサギは逆の右向きだから「G」ではなくて「H」になる。

虎は正しく左向きだから、「E」ということだろう。

そして、蛇は逆向きだから「L」。羊も逆の右向きだから「P」。

つまり、四つの人形にあてはまったアルファベットを並べると……。

H　E　L　P

えっ？　と思った。

見覚えがあるアルファベットの並びだった。

英語は学校で習っている。サト先生、そして、外国からやってきたＡＬＴと呼ばれる外国語指導助手の先生が、毎週、いろんなことを教えてくれる。

授業では、英語を聞いたり話したりするのがほとんどで、英語のつづりを読んだり書いたりすることは少ない。でもわたしは、英語で話すことよりも、サト先生やＡＬＴの先生が手にしている英単語カードを目で追うほうが楽しかった。

だから、その単語が頭に残っていた。その単語の意味を突然思いだした。息がつまりそうになった。心臓がどきどきと打ちだした。

ヘルプ……。

それは「助けて」という意味の英単語だった。

（3）

授業が終わるやいなや、算数のノートを閉じ、すぐに立ちあがった。

周りのみんなが、きょとんとした顔をするのも気にならなかった。急いで教室を出て、そのまま階段を駆けおりた。

ちょっとした、ただの謎ときのつもりだった。

いつもと同じように、いろんなことをあれこれと考えるのがわたしの大好きなことだから。

けれど、こんなに大事なことが隠れているなんて思ってもいなかった。

中休みの時間を知らせるチャイムが鳴ったときには、わたしはもう玄関の靴箱の前にいた。そして、その上に並べられている干支の人形をじっと見つめていた。

もちろん今、干支の人形は正しい順番で横一列に並んでいる。わたしが朝、直してしまったのだから……。

わたしは、今週の月曜日も、火曜日も、そして水曜日も、今日と同じように人形をもとにもどしてしまった。メッセージを消し去ってしまっていた。

誰かのいたずらだと思って、悪ふざけだと思って……。

ヘルプ……。

助けてというメッセージを誰かが毎朝送っていたというのに、わたしはそれをあっというまにこわしてしまっていた。

いったい、なんてことをしてしまったのだろう……。

気がつけば涙（なみだ）を流していた。

わたしはなんにもわかっていなかった。繰（く）り返（かえ）し繰り返しつくられていたメッセージに気づこうともしなかった。

「どうしたの、佐々野（ささの）さん？」

声がすぐ後ろから響いた。ふり返るとそこに広瀬くんが立っていた。

「え、泣いてる？　なにかあったの……？」

わたしが泣いているのを見たからだと思う。広瀬くんは戸惑（とまど）いながら声をかけてくれた。

「あ……あのね……。」

一年生をさがすときに、いっしょに駆け回ったことを思いだした。広瀬くんになら話せるような気がした。わかってもらえるような気がした。

わたしはまるで助けを求めるみたいに広瀬くんに話した。

ここに並んでいる干支の人形のこと、その人形があらわしているメッセージのこと。そして、わたしがしてしまったこと……。

かすれたわたしの声は、あいかわらず小さくてとぎれとぎれだったけど、広瀬くんは黙ったままずっと耳をかたむけてくれた。

中休みで運動場に遊びにいこうとしている男の子や女の子が、かまわずそばをどんどん通り過ぎていく。

わたしたちはまるで邪魔ものみたいに押しのけられ、気がつけば玄関の端っこのほうに追いやられてしまっていた。けれど、かえってそれがよかった。

しだいしだいに、わたしは気持ちを静めることができたし、わたしのことばがほかの誰かに聞かれることはなかった。

「だったら、さがさなきゃいけないよ。」

わたしの話を聞き終えると、広瀬くんがいきなりそういった。

わたしのいったことを、そのまま疑いもなく信じてくれるなんて正直思っていなかった。

そんなの偶然だよ、考えすぎだよ……。

遊び半分に置いたに決まってるよ。気にすることなんかないって……。

そんなふうにいわれてもおかしくないと思っていた。仕方ないと思っていた。

でも広瀬くんは違った。

「佐々野さん。誰か心あたりはないの？　人形を並べた子に。」

広瀬くんは真剣な目でわたしを見た。

「わからない……。いつだって、登校してきたときには……もう並んでいたから……。あの、広瀬くんは……。」

最近は広瀬くんのほうが学校に来るのが早かった。もしかしたら、人形をいじっている子を見かけたかもしれないと思った。

「おれ、けっこう早く学校に来てたけど、人形に関心なかったし、そんなふうに並んでいたなんて気づきもしなかった。情けない話だけど。」

わたしは思いついたことを口にした。

「来週なら……わかるかも。すごく早く学校に来て、それで……ここで、待ってたら……。」

隠れてここで待ち伏せしたらどうなんだろうと思った。そうしたら、干支をいじっている子を見つけることができるはずだ。

けれど、広瀬くんは少し険しい表情をうかべながらいった。

「来週になったら、その誰かは、もう干支を並べないんじゃないかと思う。自分だったらたぶん、むなしくなって並べるのをやめてしまうような気がする……。だって、この一週間、その子はずっとメッセージを送っていたんだよね。でも、誰にも気づいてもらえなかったんだよね。だったらもう、嫌になるんじゃないかなあ。誰もわかってくれない、助けてくれないってあきらめてしまうんじゃないかなあ。」

わたしは広瀬くんの意見にいい返すことなんかできなかった。

だって、その子のメッセージを朝一番にあっさりとこわしてしまっていたのは、このわたしなのだから。

「じゃあ……。」

じゃあ、どうやってさがしたらいいのだろう。もう無理なのかもしれない。気づくのが遅すぎたんだ……。

けれど、広瀬くんはじっとわたしを見た。まるでわたしを励ますみたいに。

「佐々野さんならできるって。だって、このまえもそうだったじゃないか。それに、干支の暗号を授業中にといてしまうなんてすごいよ。おれには、ぜったいにできないことだからさ。」

「そんなことないよ……。それに、あの暗号……ほんとは問題があって……。」

いいかけてやめにした。

そんなことはどうでもいいことだった。大事なことじゃなかった。

確かに今日は金曜日で、今週の学校はもう終わりだった。でも、今は二時間目がようやく終わったばかりの中休みだったし、まだまだ時間はある。

メッセージを送っていた子を見つけだして、今日中に伝えることができるかもしれない。

あなたのメッセージをちゃんと受け取ったってことを。だから、心配しないでいいよってことを。

「おれも手伝うから、佐々野さんももう少しだけ知恵(ちえ)を絞(しぼ)ってみようよ。やるだけのことをやってみようよ。」

広瀬くんのことばはすごく心強かった。

「うん……わかった……。」

わたしはうなずいていた。がんばってみようと思った。

ちょうどそのとき、次の授業のはじまりを知らせるチャイムが聞こえてきた。わたしたちは遅(おく)れないように教室へと階段をのぼっていった。

(4)

三、四時間目の図工は校舎周りでのスケッチだった。
一度、図工室に集まり、画板と画用紙を受け取って、わたしたちはサト先生が決めた場所でスケッチをすることになった。

わたしは真理子（まりこ）ちゃんたちに誘（さそ）われて、運動場の端のほうから体育館の建物をいっしょに描きだした。

真理子ちゃんたちは、スケッチはそっちのけで、しだいにおしゃべりに熱中しはじめた。

たぶんほかのグループも同じなんだろうなあと思った。

わたしはわたしで、建物のかたちを鉛筆（えんぴつ）でたどりながら、ずっと考え続けていた。

あのメッセージをつくった子を懸命にさがそうとしていた。

たぶん一年生とか二年生とかではないと思う。それはもう自分でも納得していた。

一年生の靴箱は玄関のいちばん端っこにあったし、高学年の靴箱からはずいぶん離（はな）れていたから。

それに、一、二年生はまだ背（せ）が小さい。だから、靴箱の上に置いてある干支に手を伸ばして動かそうとしても、そう簡単にはいかないはずだった。

そして、もうひとつ。六年生でないことも確実（かくじつ）だった。

だって、今もまだ修学旅行の途中だし、今朝、干支を並べ替えるなんてことはぜったいにできないはずだから。

ということは、三年、四年、五年の三つの学年に絞っていいことになる。

ちょっと強引な考え方かもしれないけど、今日中にその子を見つけるためには、思いきって判断していくしかなかった。

三つの学年に絞れたからといっても、それぞれの学年は三クラスずつあったから、子どもたちの人数はまだまだ多い。

いったいここから、どうさがしていけばいいのだろう……。

ふと運動場の向こうのほうを見ると、手洗い場のところに広瀬くんがいて、目立たないように手をふっている。

こっちに来てよと、手招いているみたいだった。

「水……くんでくる……。」

真理子ちゃんたちに声をかけ、そっと立ちあがった。

本当は下描きはまだ完成していなかった。けれど、みんなはおしゃべりに夢中だったし、わたしの絵の進み方なんか気にしていないはずだ。

絵の具バケツを持って手洗い場のところに行くと、広瀬くんはパレットを洗うふりをしながら待っていてくれた。

わたしはすぐに、三、四、五年生かもしれないことを伝え、その理由についても説明した。

広瀬くんは、すごいねと大げさにほめてくれた。でも、まだまだ絞りこまなくてはいけなかったし、喜んでなんかいられなかった。

「あのさ、思ったんだけどさ……。」

声をひそめながら広瀬くんはわたしを見た。

「四つの干支が並べ替えられたのは、月曜、火曜、水曜、そして金曜だったよね？　どうして木曜日は並べ替えなかったんだろう？」

「玄関に……誰かいたのかも……、あと、寝過(ねす)ごしたとか……。」

「あ、なるほどね。あるよね、確かに。」

広瀬くんはあっさり同意してくれたけど、ちょっと悔(くや)しそうだった。彼は彼なりに、なにか糸口になるようなことをずっと考えていたのだと思った。

わたしは、そのとき頭にうかんだ疑問(ぎもん)を思いきって口にした。

「どうして……あんなメッセージだったのかなあ……。すごく、わかりにくいし……気づかない子のほうが多いよ……。困ってるなら……先生たちに、話すほうがいいのに……。」

「確かにそうだよね。でも、おれ、なんとなくわかる気がするんだよ。」

そう答える広瀬くんの声はどこかさびしげに聞こえた。

「本当に困っていればいるほど、人にはいいにくいし相談もしにくいんだと思う。だって、わかってくれるかどうかの保証はないし、かえってばかにされたり、後ろ指をさされてしまうかもしれないから……。」

もうパレットはきれいになっているのに、広瀬くんはまだ洗い続けていた。

「だから、わざとあいまいで難しいメッセージにしたんじゃないかなあ。その子のことがわかってくれる人だったら、きっと自分のメッセージに気づいてくれるはずだ。その人にだけ知ってもらおう、気づいてもらおうって思ったんじゃないかなあ……。それに、学校の先生たちはいつも忙しいし、どの先生が味方になってくれるかなんて、ぜんぜんわからないことだから……。」

まるで広瀬くんはひとりごとをいっているみたいだった。

向こうのほうから、梨花ちゃんがわたしのことを呼ぶ声が聞こえた。

「続きは昼休みにしよう。中庭の渡り廊下のとこで話そう。」

広瀬くんが早口でいった。

うん。うなずくと、わたしは急ぎ足でみんなのところへともどった。

真理子ちゃんとか仲良くしている女の子たちに、メッセージのことを話そうかとも思った。

みんないい子たちだったし、きっとさがすのを手伝ってくれるはずだった。

でも、そうすれば、たぶん大騒動になってしまうだろう。メッセージを送った子がなんとか見つかったとしても、かえって追いつめてしまうだけのような気がした。

みんなに知られないようにこっそりと見つけだすのが、結局はいちばんいいように思えた。

午前中の授業はすぐに終わってしまった。

けれど、これだという考えはとうとう、うかばないままだった。それでも、わたしはあきらめずに考え続けた。今まで見聞きしたことを、もう一度ひとつひとつ思いだしてみた。

ひょっとしたらって思ったのは、給食のおみそ汁をすすっているときだった。あんまり突然のことだったので、ひどくせきこんでしまった。

手洗い場で広瀬くんがわたしにいったこと。

どうして木曜日は並べ替えなかったんだろう……。

誰かがいたからとか寝過ごしたとか、そんな理由をわたしは想像したけど、もっと別の理由があったのかもしれない。

そういえば……。

今、やっと思いだした。全校集会での校長先生の話のことを。

六年生がいない間、留守は五年生がしっかりと守ってくださいね……。あのとき、校長先生はそういった。そして、そのあとに、

「木曜日には四年生も校外学習で一日中出かけますね。安全に気をつけて楽しんできてくださいね。」

そうわたしたちに話してくれた。

この時期の校外学習だったら、駅前に直接集合して、帰りはまた駅前で解散するはずだった。わたしたちのときもそうだったから。

つまり、四年生は昨日の木曜日はずっと学校にいなかった。だから人形を並べ替えることができなかったんだ。ということは……。

四年生だ。四年生に違いない。

わたしは、ようやく今、ひとつの学年へと絞りこむことができた。

（5）

続きは昼休みにしようと、広瀬くんはいった。

わたしは、中庭の渡り廊下のところでずっと待っていたけど、広瀬くんはなかなかやってこなかった。

給食が終わったとき、広瀬くんはなにかいいたげな顔でちらりとわたしのほうを見た。

そのことには気づいていたけど、まさか、教室を出ていく広瀬くんを追いかけるわけにもいかなかった。四年生だってことを早く知らせたかったけど、なんとか昼休みまでがまんしようと思った。

昼休みがもうすぐ終わるというころになって、広瀬くんはようやく渡り廊下へと姿を見せた。

あわててやってきたみたいで、額に汗をうかべていた。

わたしが、四年生に違いないということを伝えると、広瀬くんはまた感心したような表情をうかべた。そして続けて、うれしそうな口調で話をはじめた。

「こっちも気になることがあってさ、じつは昼休みに調べてきたんだ。そしたら、すごく意外なことがわかったんだよ。」

いったい、それってどういうことなのだろう……？

「気になったというのはね、アルファベットを使ったあんな難しい暗号を子どもがひとりで考えつくのかなあってこと。まあ、佐々野さんは別だと思うけどさ。」

「そ……そうかなあ……。」

「普通だったらかなり難しいはずだよ。それで思ったんだ。ひょっとしたら自分で考えたんじゃなくて、誰かから教えてもらったんじゃないのかなあって……。もしそうだとしたなら、教えた人のほうが、あれを置いたんじゃないのかなあって。」

「あれ……?」

「猫だよ。猫の人形だよ。」

「あ……。」

そうかって思った。最初に暗号を考えた人が、その暗号のために猫の人形を置いた。それなら十分にすじが通る話だった。

「それでね、尋(たず)ねに行ったんだ。靴箱の上に猫の人形を置いたのは誰ですかって。」

「え……誰に……?」

「学校のことをいちばんよく知っている人だよ。つまり教頭先生。」

ああ、なるほど。確かにそうだ。校長先生はのんびりしているけど、教頭先生はいつも学校中を駆け回り、いろんなとこでいろんな仕事をしていた。

学校のことで知らないことはきっとないんだと思う。

「職員室に行ったら、ちょうど教頭先生がいたんだ。よかったって思って、おれ思いきって尋ねてみた。そしたら教頭先生、職員室の奥のほうを指さしていったんだ。ほら、あそこにいるジェイムズ先生だよって。」

ジェイムズ先生……。

その人は英語を教えるためにやってきたALTの先生だった。出身は確かアメリカだったけど、今ではもう日本語もぺらぺらだった。

顔中、茶色いひげだらけで、いつもにこにこしていて、冗談ばっかりいってる先生だった。

「だからおれ、そのままジェイムズ先生のところに行ってさ、直接話してみたんだよ。」

すごい行動力だと思った。そんなこと、わたしにはぜったいにできないと思った。

きっと、職員室に入った時点で、かたまって、立ちつくしてしまったに違いなかった。広瀬くんがいてくれてよかったって思った。

「おれ、いったんだ。干支の人形に猫をまぜて十三個の人形にしましたよねって。それで、その人形を使ってアルファベットの暗号をつくりませんでしたかって。そしたら、ジェイムズ先生、急に笑いだしてね、よくわかったねって、正直に教えてくれたんだ。」

わたしは思わずつばをのみこんでしまった。

「暗号をつくったよって、ジェイムズ先生はあっさりと認めたんだ。猫を置いたのも自分だって。でも、先生いってたよ。あの暗号は不完全だったよねって。」

やっぱり……。

暗号の不完全なところには、わたしも気づいていた。

たとえば「ＡＡ」という英単語をつくろうとしても、それは無理だった。

だって、「Ａ」をあらわすねずみの人形はたったひとつしかない。だから、同じアルファベットが二つ以上ある単語をつくろうとしたら、十三の人形では足りなくなってしまう。

それに、「ＡＢ」なんて単語もつくれないことになる。

Ａをあらわすのは左向きのねずみで、Ｂをあらわすのは右向きのねずみだったから。ねずみの人形が二つなければやっぱりつくれないということになる……。

でも、今はそんなことより、広瀬くんの話の続きが大事だった。

「さらにジェイムズ先生に尋ねてみたんだ。その暗号のことを誰かに話しませんでしたかって。教えませんでしたかって。そしたら先生、きょとんとした顔で、あ、そういえば教えたかもっていいだしたんだ。」

「ほ、ほんと……？」

「うん。本当なんだ。先生がいうには、四月か五月の放課後にね、先生、靴箱の上の人形をみがいていたんだって。あの人形って、じつは猫だけじゃなくて、全部、先生が木彫りでつくったらしいよ。すごい日本通なんだよ。そのとき、ひとりの男の子がやってきてね、ジェイムズ先生に話しかけてきたんだって。それで先生、気をよくして、つい話してしまったんだって。ここの干支の人形を使えば暗号ができあがるよって。」

気がつけば、わたしは両手をにぎりしめていた。

これでもう大丈夫だった。先生が教えたのであれば、顔を見ているし、その子が誰かを知っているはずだったから。

「でもね……。」

そこで広瀬くんは口ごもった。さっきまでの勢いは消え、急に暗い表情になった。

「ジェイムズ先生、その子のクラスも名前も、なんにも知らないっていうんだ。おまけに、顔もあんまり覚えてないって……。あの先生、すごくのんき気そうだし……。」

「そ……そんな……。」

「ただね、先生、覚えていることがひとつだけあるっていってた。その男の子はね、口笛が上手だったって。先生が暗号のことを話すと、口笛を鳴らしたんだって。まあ、結局はっきりしたのは、それだけなんだけどさ……。」

口笛、口笛の響き……。

「どう？　佐々野さん、なにか心あたりってないかなあ？」

広瀬くんがわたしの顔をじっと見ている。まるで、あとは頼むよといっているみたいだった。

職員室に行ったり、先生たちと話してきたり、広瀬くんはいっぱいがんばってくれた。そのことがすごくうれしかったし、その思いをむだにはしたくなかった。

そう。次はわたしががんばる番だった。

四年生の子。そして、口笛が上手な男の子……。そういえばわたしは、口笛の響きを覚えている。どこかで聞いたことがある。

朝早く、その子は通学路を小走りにやってきた。

立ち止まり、空を見あげて、そしてなにかを呼びよせるみたいに口笛を鳴らした。

眼鏡(めがね)をかけていたような気がする。ランドセルじゃなくて肩かけのバッグを持っていたような……。

もしかして……。もしかして、あの子なのかもしれない……。あの男の子なのかも。

ようやくその子の面影(おもかげ)をつかみかけたとき、昼休みの終わりを知らせるチャイムがスピーカーから聞こえてきた。

放課後、わたしと広瀬くんは学校の正門の外側にいた。

子どもたちがどんどん正門から出てきている。学校が終わったので、みんな急いで帰ろうとしている。

明日から休みだったし、どの子も足取りは軽そうだった。

大騒ぎして帰っている男の子たちの後ろのほうに、小柄(こがら)な男の子が歩いてきている。

ほかの子たちは友だちとわいわい騒ぎながら帰っているというのに、その子はなぜか元気なさげにのろのろと歩いている。

それでもその子は、空をちらりと見あげ、そしてまるで自分で自分を励ますみたいに口もとをちょっとだけとがらせた。

口笛の音が聞こえた。

耳をすまさないと聞き取れないくらいのかすかな音色だったけど、わたしたちにはもうそれだけで十分だった。

広瀬くんがこっちを見た。わたしは、深くうなずいた。

朝の登校のとき、その子を見かけたことがあった。

早足で後ろから駆けてきて、さっとわたしを追い越していった子だった。

そのときもちょっとだけ口笛が聞こえた。そのかすかな響きがわたしの耳の奥に残っていた。

ぱっと駆けだした広瀬くんが、その子の前に立った。そして、遅ればせながら、わたしもあとに続いた。

男の子が驚(おどろ)いた顔でわたしたちを見ている。

広瀬くんがまず声をかけた。

男の子がはっとした表情をうかべるのが、はっきりとわかった。

わたしと広瀬くんは声をそろえるようにして、もう一度その子に話しかけた。

「助けにきたよ。」

それは、わたしが伝えたくて伝えたくてたまらなかった、心からのことばだった。

第6章　続きの秘密

（1）

すばやく胸の名札を見た。

その子の名前は島本和馬くん。四年三組の男の子だった。

最初、和馬くんは黒目がちの目を大きく見開き、口をぽかんとさせていた。

でも、そうなってしまうのは当たり前なのかもしれない。だって、名前も知らない上級生が突然やってきて、助けにきたよ、なんていいだしたのだから……。

「干支の人形でメッセージをつくったのはきみだよね。」

広瀬くんはやさしく声をかけたけど、和馬くんは繰り返し首を横にふるだけだった。

「そうか……。じゃあ、あのメッセージのこと、先生たちに話さなきゃいけないな……。」

そう広瀬くんが続けると、

「あ、あの、ちょっと待って……。先生たちにはいわないで……。」

急に和馬くんはあわてだした。わたしは広瀬くんと顔を見合わせた。やっぱりなにか特別の理由があるみたいだった。

「話を聞くよ。もしかしたら、おれたち、きみの力になれるかもしれないからさ。」

わたしも広瀬くんの横でうなずいてみせた。

和馬くんがつくっていた「ヘルプ」のメッセージをわたしはずっと見逃していた。だからこそ、なんとか力になりたかった。本当に助けてあげたいと思った。

「困るんです。こんなところじゃ……。」

和馬くんはきょろきょろ周りを見ている。通り過ぎるクラスメートたちのことを気にしているのだろう。

こうやって、わたしたちと話しているところを見られたくない。そう思っているようだった。

いったい、どうして？　その理由ってなんなんだろう？

誰かにいじめられているとか……？　脅されているとか……？

でも、そうは思えなかった。だって、通り過ぎるクラスメートらしい子たちが、

「和馬くん、バイバイ！」

「また来週ね！」

「またドッジボールしようぜ！」

明るく声をかけて通り過ぎていたからだ。その様子は、いじめられっことというよりは、みんなに頼りにされている人気者という感じだった。

男の子の様子をうかがっていた広瀬くんは、辛抱強くことばを続けた。

「わかった。じゃあ、この先にある公園ならどうかな？　あそこで、もう少しだけ話をしてみないか？」

和馬くんはしばらく悩んでいたようだった。けれど覚悟を決めたのか、公園のほうへと歩きだした。

わたしたちは、和馬くんのあとに続いた。少し距離をあけながら、ゆっくりと。周りの子たちにできるだけ気づかれないように……。

（2）

「ごめんなさい……。ぼく、まさか本当に助けにきてくれるなんて思ってなくて……。」

公園のすみのベンチに座った和馬くんは、申し訳なさそうにわたしたちを見あげた。

「ぼく、もうどうしていいかわからなくなったんです……。だからあんなふうに干支の人形を……。」

「気持ちはわかるよ。わらにもすがるってやつだよな。」

広瀬くんはそういいながら、和馬くんの横に腰を下ろした。わたしはそんなふたりを見つめていることしかできなかった。

「それで、なにがあったんだ？　思いきって話してみろよ。」

問いかける広瀬くんに、和馬くんはこくりとうなずいた。そして、ためらいながらも口を開いた。

「ぼく、とっても大事なものをなくしてしまったんです。ぜったいになくしちゃいけないものだったのに……。」

「大事なもの？」

「声です。みんなの声なんです。」

声……？

一瞬、ぼうぜんとしてしまった。いったい、どういうこと？

まさか、わたしがときどきそうなるように、話せなくなってしまったとか……。

戸惑うわたしとは違い、広瀬くんは冷静だった。和馬くんのいいたいことをすぐにいいあてていた。

「それって、声を録音したなにかってことかい？」

「はい。ボイスレコーダーです。」

ああ、そういうことかあ……。わたしは素直にうなずいてしまった。

ボイスレコーダーというのは、確か、マイクがついた手のひら大の電子機器のことだ。テレビのニュースなんかで、記者の人が使っているのを見たことがある。

「ぼく、クラスみんなのメッセージを録音したんです。あと、みんなで歌った学級歌も……。」

「録音してどうするつもりだったんだい？」

「CDにしてプレゼントしようと思ってたんです。」

はっと思いあたった。和馬くんのクラスは四年三組だ。ということは……。

「あの……それ……山下先生への……プレゼント？」

ようやくわたしは声をふりしぼることができた。

「は、はい。そうです……。」

いきなりいいあてられたからだろう。和馬くんは少し驚いていた。隣にいた広瀬くんも不思議そうに首をかしげている。

でも、そんなにたいしたことじゃない。山下先生のあのおなかを思いうかべれば、誰だってそう考えると思う。

「山下先生、赤ちゃんを産むので、あともう少しでお休みに入っちゃうんです。だから、なにか記念になるものをみんなで贈ろうって決めたんです……。」

和馬くんがそういうと、広瀬くんも納得したように相づちをうった。

「じゃあ、みんなの声が入ったボイスレコーダーをなくしたってことなのかい？」

力なくうなずくと、和馬くんはぽつりぽつりと説明をはじめた。わたしと広瀬くんは、その話に静かに耳をかたむけた。

つまり、こういうことだった。

和馬くんの呼びかけで、四年三組のみんながメッセージを録りはじめたのは先々週のことだった。

使ったのは、和馬くんが自分の家から持ってきたボイスレコーダー。どうやらお父さんのものをこっそり持ちだしていたみたいで、たぶんそのことも、和馬くんが困り果てている理由のひとつなのだろう……。

ボイスレコーダーをなくしたのは先週の水曜日。

時間帯は中休みの終わりごろからお昼休みにかけて……。そして、なくした場所は玄関の靴箱のところだった。

「どうしてそんなにはっきりと覚えているんだい？」

広瀬くんの問いかけに、和馬くんはこう答えた。

「中休み、運動場でみんなの声を録ってたんです。でも、急に雨が降りだしてきて、あわてて教室にもどろうとしたんです……。」

雨が降ったことはわたしもよく覚えている。

今週もそうだけど、今月はずっと晴れの日が続いていた。だから、その日の雨のことはとても印象的だった。

ビオトープの植物たちが喜んでいるかも……。そうわたしは思った。でも、残念なことに昼前にはやんでしまっていた。

「玄関で上履きに履き替えているとき、ぼく、手に持ってたボイスレコーダーを、つい靴箱の上に置いてしまったんです。そして、そのまま教室にあがっていっちゃったんです。」

和馬くんは、そのときのことを泣きそうな顔で話した。

「忘れたことに気づいたのが昼休みで、あわてて降りていったけど、もう靴箱の上にはなくて……。玄関とか廊下とか、あちこち一生懸命さがしたんだけど、もうどこにもなくて……。」

必死になってさがし回っている和馬くんの姿をわたしは想像した。

青ざめた顔で、半泣きになってさがし続けたのかもしれない。もし自分だったら、きっとそうなっていたと思うから……。

だって、なくなったものは、みんなの声が入った、大事な大事な宝物みたいなものだったのだから……。

「先生たちには話したのかい？」

広瀬くんが尋ねると、和馬くんは首をふった。

「話していません……。だって、ボイスレコーダーを持ってきてたことが知られたら、ひどく怒られちゃうし……。」

「でも、落とし物として職員室に届いているかもしれないよ。」

「それはないと思うんです。職員室に届いていたなら、すぐにぼくのクラスに連絡がくるはずだから……。だって、ボイスレコーダーのなかには、クラスの子の声がいっぱい入っています。だから、聴けば、落としたのが誰かはすぐにわかるはずなんです……。それに、職員室の落とし物棚にはなにもなかったし……。」

なるほどなあと思った。確かに和馬くんのいうとおりだった。

ボイスレコーダーみたいな高価なものが届いたのなら、先生たちは、きっと持ち主をさがそうとするだろう。落とし主がやってくるのをじっと待つなんてことはしないはずだ。

わたしは和馬くんの顔をじっと見た。きっとこの子は頭がいいんだろうなあ……。

でも……。わたしは思った。先生たちに正直に話してみたらどうなんだろう。

先生たちは、ぜったいに熱心にさがしてくれると思う。そうすれば案外、すぐに見つかるかもしれないのに……。

もちろん、ボイスレコーダーを勝手に持ってきたことはいけないことだし、たっぷりと叱られるのは避けられないとは思うけど……。

「じゃあクラスの友だちは？　ボイスレコーダーがなくなったことを知ってるのかい？」

広瀬くんの質問に、和馬くんはまた力なく首をふった。

「いえ……。話していません。だって、みんな、一生懸命メッセージを話してくれてたんです。それなのに、いまさら、それがなくなったなんて、どうしてもいえなくて……。」

「じゃあ、先生へのプレゼントはどうするつもりなんだい?」

「わかりません……。わからないから、困ってるんです……。もう、どうしたらいいか、ぜんぜんわからなくて……。」

とうとう和馬くんは、ベンチに座ったまま泣きだしてしまった。広瀬くんはなんとかなぐさめようとしていたけど、なかなかうまくいかなかった。

「もう泣くなって。ボイスレコーダー、おれたちもさがしてみるからさ。大丈夫だって。きっと見つかるって。」

広瀬くんはそう和馬くんを励ました。もちろんわたしも声には出さなかったけど、何度もうなずいてみせた。

「は、はい……お願いします……。」

しゃくりあげながら、和馬くんは何度も頭をさげた。目からは、まだ涙が次から次に流れ落ちている。

確かに和馬くんは賢くてしっかりした子だ。だから、音のプレゼントなんて思いついたのだろう。それにみんなにも頼りにされている。

ただ、やっぱり彼（かれ）はまだ小四の男の子だった。いろんな失敗にがんじがらめになって、困り果てている。

ヘルプ……。

あの干支のメッセージはけっしていたずらなんかじゃなかった。必死の思いで、まるで手探（てさぐ）りでもするみたいに助けを求めていたのだろう。

なんとか、力になってあげたい……。

わたしは心からそう思った。そして、たぶん、和馬くんの横で困ったように頭をかいている広瀬くんも、きっと同じ気持ちのはずだった。

でも、いったいどうすれば……。

わたしは、和馬くんから聞いた話をひとつひとつ思い返していた。そして、なんとか自分にできることはないかと考えはじめた。

（3）

そのあと、わたしたちは夕方近くまで公園にいた。

どうすればいいか、いろいろ話し合ったけど、とうとうなんのアイディアもうかばなかった。

「仕方ない。月曜日にまたさがしてみよう。おれたちも手伝うから……。」

和馬くんの連絡先を聞いたあとで、悔しそうに広瀬くんが口を開き、わたしたちはそこでさよならをした。

とぼとぼと公園から出ていく和馬くんの後ろ姿がひどくさびしげで、心が痛んだ。

わたしにできることって、あるんだろうか……。

考えれば考えるほど、自信がなくなってしまった。

家に帰ってからも、わたしの頭のなかは、なくなったボイスレコーダーのことでいっぱいだった。

落とし物として届いていないということは、誰かが持っていってしまったのだろうか……。

でも、そんなはずはない。

だって、学校のみんながそんなことをするはずがないから……。

なくした子のことを考えたら、そんなひどいこと、ぜったいにできるわけない。

じゃあ、どうして見つからないのだろう……。

よせばいいのに、夕食のときにもそんなことを考えていた。おかげで、

「ちょっと、香菜、ママの話ちゃんと聞いてるの？」

あきれ顔のママに注意されてしまった。

「とにかく、頼んだわよ。おばあちゃんのところへ届けてちょうだいね。ママ、明日は土曜だけどお仕事が入っちゃったの。」

「う、うん、大丈夫だから。」

おばあちゃんのことだとわかって、わたしはすぐに返事をした。そういえば、しばらく、おばあちゃんの顔を見ていなかった。

おばあちゃんのところに行けば、いろんな楽しい話が聞ける。気分転換にもなるし、ひょっとしたら、ボイスレコーダーのことで、なにかいい考えがひらめくかもしれない。

明日、家にずっとひとりでいるよりも、そのほうがぜったいにいいと思った。

いつのまにか、重い気持ちが軽くなっていた。きっと、おばあちゃんのやさしい笑顔を思いだしたからなのだろう。わたしは明日が来るのが、いつも以上に楽しみになっていた。


次の日もやっぱり快晴だった。

わたしは、朝食あとの片付けをすませると、ママからあずかったおみやげの袋をさげ、おばあちゃんのところへとさっそく出かけた。

おばあちゃんの家へ行くには、バスに十五分ほど乗らなくてはいけなかった。でも、小さいころから何度も通っていたので、今ではもう迷うことはなかった。

おばあちゃんは、頭は真っ白で、どこから見てもおばあさんだったけど、なんとコーヒーと軽食を出すカフェを開いていて、朝から晩まで、忙しく働いていた。

バス通りから少し入ったところにある目立たないつくりのお店で、わたしがいうのもなんだけど、かなり古めかしい。

けれどそのシックで静かな雰囲気がいいのか、それとも、おばあちゃんのいれるコーヒーの味がいいのか、常連のお客さんたちでけっこう繁盛していた。

「香菜ちゃん、よく来たわねえ。じゃあ、こっちに座っててのんびりしててね。」

お店に行くと、おばあちゃんはわたしをいつものようにカウンターのなかに手招き（てまね）し、ちょっと高めのスツールに座らせてくれた。

座席（ざせき）が高い位置にあるので、そこに座ると、店内の様子をよく見渡（みわた）すことができた。

わたしはコーヒーをいれているおばあちゃんの横で、お店にやってくるお客さんたちの様子をうかがったり、広いガラス窓（まど）の向こうの風景を見たりしながらのんびりと過ごした。

「それで、最近、学校の様子はどうなの？」

お客さんの注文がとぎれると、おばあちゃんはいつものように隣にいるわたしに話しかけた。

おばあちゃんは、昔からすごく話し上手だったけど、それ以上に相手の話をどんどん引きだす聞き上手だった。

だからわたしは、おばあちゃんと話すときには、自分でもびっくりするくらいのおしゃべりになってしまう。もちろん、この日もそうだった。

「あのね、男の子がね、とっても大事なものを学校の靴箱の上に置き忘れちゃったの。あとで気づいて、あわててさがしに行ったんだけどもうなかったの。一生懸命にさがしたんだけど、どうしても見つからないの。」

一気にそう話した。自分でも不思議だった。おばあちゃんのそばにいると、すごく安心できて、次から次にことばが出てくる。

「あらまあ、その男の子、かわいそうねえ。」

おばあちゃんは気の毒そうな声をあげた。

「そうなの。靴箱の上に置いていたのはほんの二時間くらいなの。でも、なくなっちゃって、職員室にもどこにも届いてないの。誰も拾ってないの。だけど、見つからないの。」

「へー、不思議なこともあるのねえ。」

「いつもだったら、ぜったいに見つかると思うの。だって、誰かがこっそり持っていってしまうなんて、そんなはずないもん。そんなふうに友だちが悲しむことをうちの学校の子たちがするはずないから。」

「そりゃあ、そうよねえ。」

おばあちゃんもわたしと同じだ。学校のみんなをちゃんと信じていてくれる。そのことが心強かった。

「じゃあ、いつもだったら見つかるのに、今回は見つからなかったってことね。ということは、いつもと違うなにかが起こったのかもしれないわねえ。」

注文のサンドイッチをつくりながら、おばあちゃんは少し首をかしげた。

「いつもと違う……。」

そんなこと、あったっけかなあ……。気がつけばわたしも首をかしげていた。

しばらくすると、次から次にお客さんが入ってきて、お店は少しずつ混みだした。

「なにか手伝おうか？」

そういうと、おばあちゃんはすごく喜んでくれた。そして、わたしはさっそく、食器洗いのお手伝いをはじめた。

お手伝いをしながらも、おばあちゃんといろんなことを話した。なにを話しても、おばあちゃんは喜んでくれたし、大げさに驚いたり、声をあげて笑ったりしてくれた。そして、

「香菜ちゃんは毎日、楽しそうだねえ。それってとっても大事なことだと思うわよ。」

そう、うなずきながらいってくれた。

「あのね、ときどき、ちょっとだけ思うんだけど……。」

わたしは、お客さんからの注文を受け、手際（てぎわ）よくコーヒーをいれているおばあちゃんに思いきって尋ねてみた。

「クラスの友だちみたいに、いつかはどんどん思ったことを話せるようになるのかなあ。それとも、ずっと今みたいなのかなあ……。」

こんなこと、おばあちゃん以外にはぜったいに話せないことだった。

ママやパパに話すと、きっと大騒（おおさわ）ぎしてしまうと思う。それに先生たちに話してしまうと、すごく重く受けとめられてしまいそうだし……。

「なるようになるもんよ。」

おばあちゃんはあっさりと答えた。しかも、片手にポットを持ったまま、すごく気楽な感じで。

「話せなくても、香菜ちゃんは毎日、いろんなことを楽しんでいるんでしょ？　そっちのほうが大事なんじゃない？　これからもずっといろんなことを楽しんでいけばいいのよ。そしたらね……。」

わたしの顔を見て、おばあちゃんはにこっと笑った。

「そしたらね、『香菜ちゃん待って、ちょっとお話しさせてよー！』って感じで、お話のやつめ、あとから大急ぎで追いかけてくると思うわよ。」

「なるほど、そうなんだあ……。」

おばあちゃんの話は、とらえどころがなかったけど、不思議と説得力があった。そしていつもわたしに希望を与(あた)えてくれた。

「香菜ちゃんが保育園(ほいくえん)でお話をしないってことがわかったとき、ないしょだけどね、ママはもうめちゃくちゃ大変だったのよ。おばあちゃんが心配したのは、香菜ちゃんよりママのほうだったんだからねー。」

おばあちゃんは昔を思いだしたのか、くすくす笑っている。

「病院に連れていったり、訓練の先生にお願いしたり、自分のせいかもしれないって大泣きしたり、それはもう大騒ぎでね、いつ倒(たお)れてもおかしくないくらいだったの。」

「やっぱりそうだったんだ……。」

わたしもそのころのママの姿をうっすらとだけど覚えている。

小さかったから、いつ、どこでなんてことはさすがに覚えていないけど、薄暗い部屋でママがしくしく泣いている姿は心の奥に重く残っていた。

「それでね、そんなママをいちばん元気づけたおばあちゃんのことばってなんだったと思う？」

おばあちゃんは、できあがったコーヒーをアルバイトの店員さんに渡すと、ちょっといたずらっぽい目つきをした。

もちろん、わたしにそんなことがわかるわけない。わたしはすぐに首をふった。

「おばあちゃんはこういったの。『心配しなさんな。かくいうわたしも、子どものころは、お話ができない物静かな少女だったんだから。』ってね。」

「えー、そうだったの？」

「あら？　話したことなかったっけねえ。」

そんな話、聞いたことがなかった。

こんなにおしゃべりのおばあちゃんが、お話ができなかったなんて……。

わたしには正直信じられなかった。けれど、おばあちゃんはこんなときにうそをいう人じゃなかったし、これってやっぱり本当なのかもしれない……。

「そうなのよ。つまりね、人生捨てたもんじゃないってことなのよ。」

にっこり笑うと、またおばあちゃんは忙しくコーヒーをいれはじめた。コーヒーのちょっと苦そうで、でもとってもおいしいにおいが、お店中に広がっていった。

（4）

その晩、お風呂に入っているときだった。

湯船につかりながら、わたしはまたボイスレコーダーのことを考えていた。ふと、おばあちゃんがいったことばが頭をよぎった。

いつもと違うなにかが起こったのかもしれないわねえ……。

「あっ！」

思わず大きな声をあげた。そのまま、ぶくぶくとお湯のなかにもぐり、もう一度考えを整理した。

今はまだなんともいえないけど、その可能性はあるんじゃないだろうか。でも、やっぱり学校に行ってみなきゃ……。

明日は日曜日だけど、もしかしたら玄関に入れるかもしれない。

広瀬くんに連絡してみようかとも思った。でも、ぜんぜん違うかもしれないし、まずは、自分だけで確かめてみたほうがいい。

とにかく、やるだけのことはやってみよう！

まるでおばあちゃんの元気がうつったように感じた。やっぱり、おばあちゃんに会いに行ってよかった。わたしは心からそう思った。

日曜日。午前中に、さっそく小学校へと出かけた。校門が開いていたので、やった！と思った。ということは、先生か誰かが日曜だけど学校に来ているということだった。

期待しながら進むと、思ったとおり、玄関の扉が少しだけ開いているのが見えた。

わたしはどきどきする気持ちをおさえながら、そっと玄関へと入った。

昨日の夜からあれこれ考えていたことをひとつずつ確かめていこうと思った。そうすれば、必ず答えにたどりつく……。そう自分自身を励ました。

玄関は静まりかえっていたけど、なかにはまぶしい朝日がさしこんでいて、とっても明るい。なんだか、これから自分がしようとしていることを応援してくれているみたいだ。

よし、まず、和馬くんの靴箱を調べなきゃ……。

わたしは、玄関のちょうどまんなかにある四年生の靴箱へと進んだ。そして、和馬くんの靴入れの場所をさがした。

やっぱりそうだ。扉側、靴箱のいちばん端っこに和馬くんの靴入れがあった。

和馬くんは、上履きに履き替えるときに、持っていたボイスレコーダーを靴箱の上に置いたといっていた。

ということは、靴箱の上の端っこあたりに置いたということになる。

うん。ここまでは予想どおり……。じゃあ、次は……。

靴を脱ぎ、わたしは廊下に置かれている小さな机のほうへと向かった。

そこには、来校者記入シートが紙ファイルに綴じて置いてあった。学校にやってきた人たちは、このシートに自分の氏名と来校時刻を書きこむ決まりになっていた。

だから、書き忘れがなければ、何月何日の何時に誰が学校にやってきたかを調べることができるはずだった。

和馬くんがボイスレコーダーをなくしたのは、確か、先週の水曜日だった……。

わたしは紙ファイルを手に取り、ゆっくりとシートをめくっていった。

「あった！」

思わずもらした声が玄関に響いた。ちょっとどきりとしたけど、聞きつけてくる先生の姿はさいわいなかった。

水曜日、十時三十分〜、そして、来校者の氏名が、しっかりとした文字でちゃんと書きこまれていた。

知っている人だった。よく学校に顔を出してくれる老人クラブの会長さんで、わたしは、玄関を出入りする白髪の会長さんを何度も見かけたことがあった。

きっと、その日も、会長さんはなにかの用事のため、学校にやってきたのだろう。

わたしは想像した。あの日、なにがあったのかを、ひとつずつ順番に思い描いてみた。

中休みに、和馬くんは靴箱の上にボイスレコーダーを置き忘れてしまった。やがて、授業がはじまり、みんなは教室にあわててもどっていく。

そして、ちょうどそのころにやってきたのが会長さんだ。

会長さんは玄関のまんなかの扉からなかに入ってくる。その扉の正面にあるのが四年生の靴箱だ。

本当だったら、外から来た人たちは来客用の靴箱へと進む。でも、会長さんはそんなめんどうなことはしない。

目の前にある、四年生の靴箱のところで靴を履き替える。自分のスリッパをいつも持参している人にとっては、そのほうが楽だから。

少し段差があるので、会長さんは、危なくないように靴箱の上に手をかける。

そして、その手は知らぬまに、ボイスレコーダーをはじきとばしてしまう。

はじきとばされたボイスレコーダーは……。

「え？　佐々野さんも来てたの？」

いきなり声が響いた。びっくりして声のほうを見ると、そこには広瀬くんが立っていた。

「え、ど、どうして……。」

あわててしまって、またことばがつまってしまった。けれど、広瀬くんは気にする素振りもなく、

「気になってさ。やっぱり、ボイスレコーダーがなくなった場所を見てみなきゃなあって、思ったんだ。」

そう当たり前のように答えた。

「ひょっとして佐々野さんもおれと同じ？」

わたしは素直にうなずいた。広瀬くんには、隠す必要なんてないと思った。

「でもさ、そんなの見て、なにしてるわけ？」

広瀬くんは、わたしが持っていた紙ファイルを不思議そうな顔で指さしている。わたしは、顔をまっ赤にしながらも、懸命に口を開いた。

「たぶん、わたし、わかったと思うの……。」

それだけで大丈夫だった。広瀬くんはわたしのことばをそのまま受けとめてくれた。

「ボイスレコーダーの場所だね。やった、すごいじゃないか！」

そして、うれしそうな声をあげた。

「あ、あのね……。」

わたしはゆっくりとことばを続けた。あわてなくてもいい。広瀬くんなら、じっくりと聞いてくれるはずだから。

「わたしのおばあちゃんがいったの……。いつもなら見つかるものが見つからないのなら、いつもと違うことが起こったんじゃないのって……。だから、わたしいろいろ考えたの……。」

まず、頭にひらめいたことは、いつもと違う誰かが学校にやってきたんじゃないかということだった。つまり、来校者……。

来校者のことは、廊下にある来校者記入シートを見ればわかる。すると、ちょうどその時間に会長さんが学校に姿を見せていた。

あとは、会長さんの行動を想像すればいいことだった。

会長さんは四年生の靴箱のところで床にあがり、そして、靴箱の上に置いてあったボイスレコーダーをはじきとばしたかもしれない……。

わたしがそう話すと、広瀬くんは驚いた顔でわたしを見た。

「佐々野さん、あいかわらず、すごい推理力だよなあ……。それで、会長さんにはじきとばされたボイスレコーダーはどうなったと思うんだい？」

「そのことなんだけど……。」

わたしは、もうひとつ大事なことを話しはじめた。

「いつもと違うことが起こった……。ほんとはね、会長さんが来たことだけじゃなくて……もうひとつ、違うことが起こってたの……。」

「それって、なんなんだい？」

「雨……。あの日、雨が降りだしたよね……。」

あっけにとられている広瀬くんに、自分の考えをさらに説明した。

もちろん、会長さんは傘をさして、学校へとやってきた。でも、子ども用の傘立てを使ってはいけないと思ったのだろう。

だから、会長さんは自分の家の玄関でいつもやっている、いちばん手間のかからない傘の置き方をした。

そう、つまり、会長さんは、閉じた傘の柄をひょいとひっかけた。目の前にあった四年生の靴箱のかどっこに……。

「じゃあ、はじきとばされたボイスレコーダーは、もしかして……。」

広瀬くんがあわてたように声をあげたので、わたしはしっかりとうなずいた。

「たぶんそう……。靴箱にかけていた会長さんの傘のなかに落ちちゃったんじゃないのかなあ……。」

「すごいなあ……。」

そういったきり、広瀬くんはじっとわたしの顔を見ている。

「考えもしなかったよ……。わかった。じゃあ、その会長さんのところに早く行ってみよう。行って、傘のなかを見せてくださいって頼まなきゃ。」

「あの……行かなくても、大丈夫かもしれない……。」

「どういうこと?」

「もしかしたらなんだけど……。あの日って、雨は昼前にはやんだよね……。だったら、誰だって、ついうっかりしちゃうんじゃないかなあ……。」

きょとんとした表情（ひょうじょう）をうかべていた広瀬くんは、しばらくして、あっ！ と口を開いた。

「会長さんが、傘を忘れて帰ったってことかい？」

わたしはうなずいた。

会長さんが傘を持って帰ったのなら、なかに入っているものに気づかないわけがない。それなら、すぐに学校に知らせてくれるはずだ。でも、連絡はなかった……。ということは、会長さんは傘を持ち帰らなかったのかもしれない。

持ってきた傘を忘れるなんてことは、よくあることだ。だったら、あの日、それがあったとしてもおかしくない。

「でも、靴箱のところに忘れたままの傘があったら、和馬くんが気づいてないわけないいんじゃないかなあ。一生懸命にさがしたっていってたからさ。」

「片付けたのかも……。」

「え？　誰が？」

「たぶん……教頭先生……。」

もちろん、校長先生とかほかの先生ってこともありえる。けれど置き忘れられた傘にすぐに気づく人がいるとしたら、それはいつも忙しく学校内を歩き回っている教頭先生しかうかばなかった。

　広瀬くんはきょろきょろと玄関を見回している。

「じゃあ、片付けた傘ってどこにあるんだい？　ここにはないみたいだけど……。」

「会長さんの傘は、大人用の傘……。だったら、子ども用の傘立てじゃなくて……。」

　わたしは玄関のいちばん奥を指さしていた。

「そうか、来客用の傘立てだ。」

　いいながら、もう広瀬くんは駆(か)けだしていた。わたしもあわててあとに続いた。

　奥まったところにあるその傘立てには二本の傘が残っていた。一本が赤い傘で、もう一本が黒い大きな傘。

　迷う必要もなかった。広瀬くんは、当たり前のように黒い傘を取り上げ、慎重(しんちょう)に傘を広げた。

　するとなにかが傘のなかからこぼれ落ちようとした。運動神経(うんどうしんけい)のいい広瀬くんは、そのなにかをなんなくキャッチした。

　広瀬くんは白い歯を見せてうれしそうに笑った。それは間違いなく、さがし求めていたボイスレコーダーだった。

（5）

「おはよう。」

月曜日の朝、教室にあがる階段の途中で、わたしは広瀬くんと会った。

あのボイスレコーダーは、広瀬くんが昨日、和馬くんの家へと届けてくれていた。

「彼、すっごく喜んでいたよ。ただ、ボイスレコーダーをなくしたこととか、もう家の人にばれちゃっててね、相当叱られたみたいだよ。」

そうなんだ……。でも、結局はそのほうがよかったのかもしれない……。高価なものを無断で学校に持ってきたのは、やっぱりいけないことだったから。

「あの子、いろいろ反省したみたいだよ。ＣＤをつくったら、みんなにもちゃんとあやまるっていってたから。」

えらいなあと思った。きっと、自分のしたことをじっくりと考えたのだろう……。

「あ、そうそう。またときどき、干支の人形でメッセージを送りますからって、あの子、まじめな顔でいってたよ。」

そういうと、広瀬くんは楽しそうに笑った。そして、わたしも思わずふきだしてしまっていた。ほんと、和馬くんらしいなあと思った。

朝の楽しみがまたひとつ増(ふ)えたみたい。いったい、次はどんな暗号をつくってくれるんだろう。靴箱の上を見るのが、また楽しみになってきた。

第7章 広瀬くんの秘密

（1）

広瀬くんが学校を休んで、今日で二日になる。

「風邪をひいて熱がさがらないみたいなの……。」

そうサト先生はみんなに話していたけど、たぶんそれは違うのだろう。

サト先生が広瀬くんをかばってうそをついているのか、それとも、広瀬くんの家の人がうその理由を学校に伝えているのかはわからない。

でも、広瀬くんが休んでいるのは風邪をひいたからではないとわたしは思う。

転校してきたばかりの広瀬くんは、まるで誰とも関わりたくないみたいに、周りのみんなから離れていることが多かった。自分から話しかけることも少なかったし、みんなを避けようとしているように見えた。

けれど、最近はぜんぜん違った。

昼休みには、男子どうしで連れだって運動場に遊びに行っていたし、気軽に冗談をいいあうこともあった。

ほかの学校から来た転校生なんかじゃなくて、今はもうれっきとしたクラスの一員だった。

よかったね……。

わたしは、愉快そうに笑う広瀬くんの横顔を見ながら、心のなかでいつもそう思っていた。

そんな広瀬くんが、今にも泣きだしそうな表情を見せたのは、水曜日の朝のことだった。

いつものように教室には、クラスの子たちが次から次に登校してきていた。明るいあいさつがとびかい、とてもにぎやかだった。

係の仕事をすませた広瀬くんは、自分の席で学年文庫の本を読んでいた。

そこに、岸本くんが駆けこんできた。大急ぎで階段を駆けあがってきたみたいで、息が荒かった。

「広瀬ってさ、前の学校で……。」

教室に入ってくるなり、広瀬くんのすぐそばにやってきた。そして、周りのことなどかまわず、大きな声で話しかけた。

「サッカーのチームメートを崖から突き落としたんだってな。それで学校にいられなくなって、ここに転校してきたんだってな。マジかよ、それ？」

教室にいたみんなが一瞬しんとなった。広瀬くんの体がびくりと動くのがわかった。

岸本くんがいったことって、いったい……。

頭がすぐについていけなかった。たぶん、教室のみんなもそうだったんだと思う。ひとり岸本くんだけが大きな声をあげていた。

「なあ、どうなんだよ？」

広瀬くんはいすに座ったままだった。岸本くんの問いかけに答えることなく、じっと黙りこんでいる。

「おれのいとこが昨日うちに遊びにきたんだよな。そんで教えてくれたんだ。おれのいとこ、広瀬が前にいた小学校に通ってんだよ。」

広瀬くんがなにも答えないので、岸本くんはしだいにイライラしはじめた。

「おい、なんとかいえよ。」

さらに声を荒らげ、広瀬くんにくってかかろうとした。

さいわい、ちょうどそのとき、サト先生が教室に入ってきた。

さすがの岸本くんもまずいと思ったのか、話をやめると、おとなしく自分の席にもどった。

でも、興味半分で岸本くんがいったことは、あっというまにクラス中に広がっていった。それだけじゃなく、昼休みが終わるころには、ほかのクラスにも伝わってしまっていた。

その日、広瀬くんは、とうとうなにも話そうとはしなかった。

わたしはずっと心配していた。けれど、声をかけられるような雰囲気じゃなかった。

広瀬くんは、すべてを閉ざしてしまったように黙りこんでいた。クラスのみんなもそんな広瀬くんを遠巻きにするだけで、なにもいえずにいた。

放課後、広瀬くんはすぐに教室を出た。

追いかけようとしたけど、真理子ちゃんたちに呼びとめられ、とうとうことばをかわさないまま、その日は終わってしまった。

そして、次の日から広瀬くんは欠席した。

ぽっかりとあいた広瀬くんの机を見つめながら、わたしはあのときなにもしなかったことを後悔していた。

岸本くんのいったことは、ぜったいに間違っている。だって、広瀬くんはそんなことをする子じゃないのだから。

少しとっつきにくいところはあったけど、根はやさしくて思いやりがあって、困った子のことを放っておけない。それが広瀬くんだった。

それなのに、変なうわさはどんどん広がっていった。

岸本くん以外にも、その事件が起きた小学校に知り合いがいる子がいて、うわさはいつのまにか、まるで本当のことみたいに話されるようになってしまった。

昼休み。学年文庫の本を選んでいたわたしの耳に、廊下で話している男子たちの話し声が聞こえた。

「あいつ、地元の少年サッカーチームに入っててさ、チームメートの年下の男の子をいじめていたらしいんだ。」

あいつというのが広瀬くんのことだということは、その子たちの視線でわかった。その子たちは、開いた窓から教室の広瀬くんの机をちらちらと見ていた。

「ある日、サッカーの試合が運動公園であってさ、そこで事件が起こったんだ。」

「どんな?」

「その試合に、その男の子も出てたんだけど、ミスばっかりで、そのせいでチームが負けたんだって。レギュラーだったあいつは、たぶんめちゃくちゃ腹が立ったんだろうなあ……。」

その男子は舌打ちをすると、また話を続けた。

「それで、あいつ、その子を運動公園の近くにあった城跡の高台のところまで呼びだしてさ、相当文句をいったらしいんだ。そのうちにどんどんエスカレートしてさ、とうとうその子を突き落としたらしいぞ。信じられないよな。」

「その男の子、大丈夫だったのか？」

「運がよかったんだって。落ちたところが生い茂った草地になっててさ、そこがけっこうやわらかくて、足にひびが入っただけですんだらしいよ。でも、救急車とかやってきて、大騒ぎだったらしいぞ。」

まるで自分がその場にいて、見てきたような話しぶりだった。

「本当にあいつが突き落としたのか？　目撃者とかいたのかよ？」

「当たり前だろ。公園管理のおじさんが近くを歩いててさ、すぐに駆けつけたんだってよ。そしたら、男の子が倒れていて、その横にあいつが立ちつくしてたってさ。」

はじめて聞く話だった。

いつのまにか、うわさには細かい部分まで付け加えられていた。

「さすがに、まずいことやっちゃったって思ったんだよなあ。あいつ、自分が背中を押したって、すぐに認めたらしいぞ。」

「あやまるくらいなら、最初からしなきゃよかったのにな……。」

「ほんとそうだよ。」

冷たくて、非難めいた口調だった。

「じゃあ警察につれていかれたとか？」

「そうはならなかったらしい。ケガをした子の親が許してくれたってさ。けど今度は広瀬のやつが、みんなからつまはじきになっちゃってさ。とうとう転校するはめになってしまったらしい。」

「あーあ。悪いことはできないよなあ……。」

もうそれ以上、聞いていることができなかった。

わたしは急いでその場を離れた。後ろから笑い声が聞こえたのがたまらなくつらかった。

うわさ話に夢中になっているみんなは、それがどれだけ自分たちの友だちを傷つけ、追いつめているのかということに気づかないのだろうか。

クラスの雰囲気は、しだいにぎすぎすとした冷たいものに変わっていった。

（2）

五時間目の授業は理科だった。

サト先生が教室に姿を見せないのをいいことに、クラスの男子たちの何人かがまた広瀬くんのことを話しだした。その大半が悪口だった。

「もういいかげんにしてよね。クラスメートの悪口いってなにが楽しいのよ。情けないったら、ありゃしない。」

怒った声ではっきりと文句をいったのは梨花ちゃんだった。

「そうよそうよ、あんたたちがしてることってイジメじゃん。転校してきて、広瀬くんがなにか悪いことしたっていうの？」

真理子ちゃんも続いて声をあげた。

「なんだよそれ。おまえたち、あいつが前の学校でやったこと知ってていってるのかよ？」

「それとこれとは別でしょ！　クラスメートのこと傷つけて、なにが楽しいのよ。」

「でも、おれたちだって傷ついてるんだからな。あいつと友だちになろうと思って、いつも誘ってたんだからな。」

「そうだそうだ。あいつ、サッカーとかうまくて、けっこう頼りにしてたんだからな。」

男の子たちは、男の子たちなりに本音をいっている。それが痛いほどわかった。悪口をいってしまうのは、悔しさの裏返しなのかもしれなかった。

「とにかく、広瀬がチームメートを城跡から突き落としたってのは本当なんだからな。おれ、ちゃんと聞いたんだからな……。」

岸本くんが食い下がるようにいった。

「それ、違う……。違うと思う……。」

自分の声だった。教室に響く声を聞き、わたし自身、驚いていた。

まさか、このタイミングで自分が声をあげるなんて、考えてもいなかった。ありえないことだった。

みんながあっけにとられているのがわかった。

真理子ちゃんも梨花ちゃんも、わたしが声をあげたことにびっくりしていた。だってふたりは、わたしが人前に出ると、緊張して話せなくなることをよく知っていたから。

けれど、わたしはみんなが見ている前で立ちあがっていた。

「広瀬くんは……そんなこと、しない。やさしい子だもん……。突き落とすなんて……ありえない……。」

「なんだよ、佐々野。かばえばいいってもんじゃないからな。」

そういうと、岸本くんはわたしをにらみつけた。

でもわたしは、岸本くんが悪い子じゃないことを知っている。

低学年のときにもいっしょのクラスだったし、今よりもっと話すことができなかったわたしをかばってくれたこともあった。

自分の誤りに気がつけば、岸本くんはちゃんとわかってくれるはずだった。

「だって、おかしいよ……。わたしたち……。」

みんながこっちをじっと見ている。どうしようもないくらいに緊張してしまっていた。でも、今、わたしはみんなに伝えなくてはいけないと思った。

「城跡に……行って、見たこともないのに……。それなのに、疑うなんて……。」

そこまでいうと、大きく息をすいこみ、呼吸をととのえた。

「なにいってんだよ！　行ってなくったって、そのくらい話を聞けばわかるに決まってるだろ！」

岸本くんがイライラした顔で声を荒らげた。

「なによそれ、あんたその城跡を見てもないのに、あれこれうわさを広げて、広瀬くんの悪口いい回ってたの？　うわっ、サイテー！」

そういってくれたのは真理子ちゃんだった。

「じゃあ、おまえはいったことあるのかよ？」

「あるわけないでしょ、そんなとこ。」

「なんだよ、えらそうなこというなよな。」

ふたりは、いい争いをはじめてしまいそうだった。

「あの……わたし、見に行ってくる……その城跡……。だから、待っててほしいの……。広瀬くんが、そんなことしないってこと、わたし、なんとか……。」

「証明するつもりなのね、香菜ちゃん。」

いおうとしていたことを梨花ちゃんが口にしてくれた。

「わかった。じゃあ、あたしたちも、隣町(となりまち)の城跡にいっしょに行くよ。明日は土曜だから、ぜんぜん問題ないし。」

あたしたちというのは、最初は梨花ちゃんと真理子ちゃんのことだった。けれど、すぐにほかの女子も声をあげてくれた。

「それいい。わたしもいっしょに行くから。駅前からバスに乗ればいいんだよね。」

「あ、うちも行っていいかな？　おもしろそうや。」

にこにこ笑いながら、ひかりちゃん、亜沙美(あさみ)ちゃん、ほかの子たちも手をあげている。

「もちろん、岸本も来るんだよね？」

真理子ちゃんがつめよると、

「あー、わかったよ。おれも行くよ。」

岸本くんは観念したような声をあげた。そして、すぐさまほかの男子たちをふり返った。

「戸田(とだ)、田島(たじま)も、行くだろ？　上原(うえはら)も小松(こまつ)も。行ってはっきりさせようぜ。じゃなかったら、おれらがうそをいいふらしてるみたいになるからな。」

理科の準備物(じゅんびぶつ)をかかえ、サト先生が教室に入ってきたのはちょうどそのときだった。

「あなたたち、なに騒いでるの？　そんなんじゃ、授業がはじめられないわよ。」

サト先生はみんなを見回し、なにかいいたそうに口を開きかけた。

けれど、結局、なにもいわなかった。そのまま黒板のほうを向くと、授業の板書(ばんしょ)をはじめた。

（3）

土曜日のお昼前。

わたしたちは隣町の運動公園内にある城跡にいた。

駅前からバスに乗り、あとは降(お)りたバス停からしばらく歩くだけだった。思った以上に近い場所にあったので、さいわい道に迷(まよ)うこともなかった。

わたしもいれて、クラスの子たちは全部で十五人いた。

こんなにたくさんのクラスメートが来てくれるなんて思っていなかった。聞けば、習い事や別の用事がなければ、ほかにも来たいといっていた子はいたらしい。

くねくねした坂道がらせん状に続いていて、城跡の高台にたどりつくまでにけっこう時間がかかった。さらに奥に進むと城壁につながっているみたいだったけど、今日はこの高台を調べることが目的だった。

「広瀬が突き落とした場所って、あそこじゃないか?」

あたりを見回していた岸本くんが、柵が設置されている場所を指さした。

「突き落としたって決めつけるのやめなさいよ。」

さっそく真理子ちゃんが文句をいったけど、結局、岸本くんのあとに続いて、みんなでその場所へと進んだ。

近づくと、確かにこの場所だとわかった。なかに入りこめないように柵がこさえてあったし、その向こうは崖みたいになっていて、ずっと下のほうに草地の緑が見えた。

運動公園の一角にあったので、さえぎる建物がなくて風が強かった。ひかりちゃんは、あやうく帽子をとばされかけたくらいだった。

「まあ、ここの柵は低いし、乗り越えようとするなら簡単だよな。」

戸田くんがいった。

「確かにそうだねえ。でもさ、広瀬はそのチームメートの子を柵を乗り越えてまで引っぱっていったのかなあ、あそこの崖のところまで……。」

確かに上原くんのいうとおりだった。それは、あまりに無理やりすぎる。

「わかんないぞ。こっち来いって脅かしてさ、強めに手を引っぱれば、下級生の子なんだから、そのくらいいうこと聞くんじゃないのか。」

まるで見ていたかのように岸本くんがいった。女の子たちが、そんなの無理！　と文句をいったけど聞く耳持たないという感じだった。それどころか、

「なあもう十分見ただろ？　そろそろ下に降りようぜ。」

岸本くんは、ほかの男子といっしょに、さっさと来た道をもどりはじめた。放っておくわけにもいかず、仕方なくわたしたちも下へと降りていった。

石段と坂道をくだり、城跡の城門を抜けると、右手の草地のほうに亜沙美ちゃんがいるのが見えた。ひとりじゃなかった。

そこには作業服姿の大柄なおじさんがいて、ふたりでなにかを話しているみたいだった。

やがて、おじさんは小道を歩いていき、わたしたちが見ているのに気づいた亜沙美ちゃんが、

「こっち、こっち!」

と、手招(てまね)きした。

「誰だよ、さっきの人?」

戸田くんが聞くと、

「ほら、事件があったとき、落ちた男の子のところにいちばんに駆けつけたおじさんだよ。この公園の管理人の仕事もしてるんやて。」

亜沙美ちゃんは、あっけらかんとした調子でいった。

「おまえ、よくそんなおじさん、引っぱってきたなあ。」

「たまたまよ。掃除道具(そうじどうぐ)を持ったおじさんが歩いてたから、もしかしてと声をかけたの。そしたらみごとにビンゴやったの。チャンスだと思って事件のときのことをいろいろ教えてもろてたの。」

亜沙美ちゃん、すごい……。

そんなこと、わたしにはぜったいにできない。やっぱり、みんなで来てよかったと思った。

「それで、おじさん、なんていってたんだ？」

興味津々（きょうみしんしん）という顔で上原くんが催促（さいそく）した。

「う～ん、だいたいは学校で聞いてた話と同じやったかなあ。近くを歩いとったときに、変な音がしたんだって。それでおじさんが急いで行ってみると、男の子がうめき声をあげて倒れていて、そのそばに別の男の子が青ざめた顔で立ちつくしてたって……。」

亜沙美ちゃんは早口で説明した。確かに、それは広がっているうわさと同じだった。立ちつくしていた男の子というのが広瀬くんなのだろう。

「それで、おじさん、倒れていた子を介抱（かいほう）しながら『自分で飛びおりたのか？』って尋（たず）ねたら、立ってた子のほうが『違います。おれが後ろから押したんです。』って泣きそうな顔で答えたって……。」

そこまでいうと、亜沙美ちゃんは気まずそうな顔をした。おじさんの話を聞き、やっぱり広瀬くんが男の子を突き落としたと思ったのかもしれない。

はっとしてわたしは城跡を見あげた。すぐ上に、さっきまでわたしたちがいた高台が見える。男の子はあそこからここに落ちた……。

「ほーら見てみろ。だから、いったとおりじゃないかよ。広瀬本人が認めているんだから、間違いないって。」

岸本くんが鬼（おに）の首を取ったようにいった。そして、どうだといわんばかりにわたしを見た。

わたしは大きく息をすった。

話すことを一生懸命（いっしょうけんめい）に整理した。

大丈夫。あわてずに落ち着いて話せば、きっとみんなはわかってくれる。わたしが話し終えるまで、ちゃんと待っててくれる。

「あの……試（ため）してみたいことが、あるの……。」

もう一度、息をすいこんだ。

「……そうしたら、わかるはずなの……。広瀬くんが、男の子を……突き落としてなんか、いないってことが……。」

わたしは岸本くんを見た。亜沙美ちゃんを見た。そこにいるみんなの顔を見た。

ああ、やっぱりいいんだ。これでいいんだ。あらためてそう強く思った。

わたしはみんなのおしゃべりが大好きで、いつもみんなのことばに耳をすましてきた。でも、それはけっして一方的なことじゃないんだ。みんなだってそうなんだ。

みんなも耳をすましてくれている。わたしのことばをいつも待ってくれている。

そうなんだ。たどたどしくたって、かまわないんだ。わたしはただ、自分の思いを伝えればいいんだ。勇気を持って……ほかの誰でもない、わたし自身のことばで……。

（4）

昼過ぎ、駅前のバス停で降りたわたしたちは、そのまま広瀬くんの家に向かった。

急すぎるかもと思いはしたけど、

「ぜったい、今日中に、はっきりさせようぜ。」

岸本くんや戸田くんがそういいだし、わたしも決心した。

玄関のチャイムを鳴らし、インターホンごしに、広瀬くんに話があって来たことを伝えた。

やがて、玄関のドアが開き、外に出てきた広瀬くんは、玄関先に集まっているわたしたちを見て驚いた表情をうかべた。

「ほら、佐々野。おまえ、もう一回話せよ。」

みんなの後ろにいたわたしを岸本くんが呼んだ。

「香菜ちゃん、がんばって。大丈夫だって。みんなついてるから！」

「そうそう。さっきみたいに！」

真理子ちゃんと梨花ちゃんが、応援してくれた。

覚悟を決め、わたしはみんなの前に出た。深呼吸して気持ちを静めた。そして、暗い目をしている広瀬くんに向かってゆっくりと話しはじめた。

「あの……ごめんね、広瀬くん。みんなで……いっぱい、かげぐちとか、悪口いっちゃって……。」

「ああ、なんだそのことか。そんなの気にしてないよ。」

広瀬くんは後ろにいるみんなのほうにも目を走らせ、気楽な感じでいった。

「前の学校の話はさ、あれ全部本当だし、みんながいろいろいいたくなるのも当たり前だから。心配いらないって、もうずる休みはやめにして、来週からはちゃんと学校に行くからさ……。」

「違うよね……。本当じゃないよね……広瀬くん、うそいってるよね。だって、男の子を突き落としてなんかいないんだから。」

「そんなことないって、おれがやったんだって。」

そして、広瀬くんは自分がしたことをみんなの前で話しだした。

広瀬くんが入っていたサッカーチームのこと。そこにいた年下のチームメートのこと……。

運動公園であった練習試合。そのチームメートのミスで負けてしまい、ひどく腹を立てたこと。その後で、広瀬くんが城跡の高台へとその子を連れだしたこと……。

最初は、ちょっと脅かすくらいだったけど、ついエスカレートしてその子の背中を押してしまった。突き落としてしまった……。

「足のケガはそうたいしたことなかった。でも、そいつ、ショックを受けてサッカーチームをやめてしまったんだ……。それもこれも、全部おれのせいなんだよ。」

聞いているだけで胸がつまりそうになった。けれど、広瀬くんは表情も変えずに、淡々と話し続けた。

「結局、おれも、あれこれいわれてサッカーチームをやめた。自業自得って感じかな……。それで転校してからは、以前のことはないしょにしておこうと思った。でも、やっぱり世の中はそんなに甘くないっていうか……。悪いことをしでかしたら、当たり前のようにずっとついて回るんだよな。」

広瀬くんは自分の足もとをじっと見ていた。転校して、はじめて教室にやってきたあの朝みたいに……。

「でもやっぱり、広瀬くん……うそついているよね。かばおうとしているんだよね……その男の子のことを……。」

「違うって、そんなわけ……。」

わたしは広瀬くんのことばをさえぎった。今はもう遠慮なんかしてちゃだめだ。なんとしてでもわたしたちの気持ちを伝えなくちゃいけない。

「男の子が落ちたとき……。物音を聞いた公園管理のおじさんが……駆けつけたんだよね。それでそこにいた広瀬くんが、自分が突き落としたっていったんだよね。でも、そんなの……無理だよ。できるわけないよ……。」

「えっ？」

少しあわてた様子で広瀬くんはわたしを見た。

「公園管理のおじさんがいってたよ。男の子が落ちた場所のすぐ近くを歩いていたって……。だから、おじさんが物音を聞いて駆けつけるまで、たぶん一分もなかったと思う。でも……そこにはもう広瀬くんがいたんだよね……。青ざめた顔で立ちつくしていたんだよね……。それ、おかしいもん……。城跡の高台で突き落とした広瀬くんが、どうして、そんなにはやく下に降りてこられたの……？」

「それは、そのおじさんの勘違い（かんちが）いかなにか……。」

「ちゃうよ！」

元気な亜沙美ちゃんの声が、わたしのすぐ横から響いた。

「うち、ちゃんと聞いたんだからね。それだけじゃないよ。香菜ちゃんがいいだして、もう一度、ちゃんとみんなで話を聞きにいったんだから。勘違いとか、そんなのぜんぜんあらへん。それに、香菜ちゃんが尋ねたら、おじさんいってた。広瀬くんの息はぜんぜん乱(みだ)れてなかったって。青ざめて、泣きそうになってただけだって。」

「うそじゃないって。おれ、一気に城跡から駆けおりたんだって。近道があって。」

もういいのに……。それでも広瀬くんはしつこくいい続けた。

「ふざけんな広瀬。そんなことできるかっての！」

後ろから飛びでてきた岸本くんが、がまんできないという感じで広瀬くんをにらんだ。

「おれたち、実験したんだからな。佐々野に頼(たの)まれて、高台のとこから下の草地まで必死になって駆けおりたんだからな。おれたちがどんなにがんばっても、あんなくねくね道、たどりつくまで三分以上はかかったぞ。それに、下に降りたときはもうへとへとで、息なんかゼーゼーだったんだからな。」

「そうだそうだ！」

戸田くんも飛びだしてきた。

「おれもつきあわされて、走らせられたんだからな。しかも二回もだぞ！　いっとくけど、どこにも近道なんかなかったぞ。」

広瀬くんが息をのむのがわかった。やっと気づいてくれたのだと思う。わたしたちが、広瀬くんのためにどんなに一生懸命になってたかってことに。

みんなはわたしの無茶な頼みだって、嫌がらずに手伝ってくれた。それはきっと、広瀬くんにはやく元気になってほしいからだ。

「広瀬くん。その男の子は自分で飛びおりたんだよね……。高台にのぼって、柵を乗り越えて……ひとりで飛びおりたんだよね……。」

わたしは思いきっていった。

広瀬くんは、それでもわずかに首をふり、なにかをいい返そうとした。でも、あきらめたのか肩を落とし、じっとわたしを見た。

「やっぱり、佐々野さんはすごいよ。気づいちゃうなんて……。」

つらそうな表情のまま、広瀬くんはそこにいるみんなを見回した。

「お願いだよ、このことは黙っててほしいんだ。あいつにとっては、自分で飛びおりたとかより、おれに突き落とされたってことにしてたほうがいいんだって……。自分のしたことで周りに責められたら、あいつ、ものすごくつらいだろうなあって思うんだ……。」

やっぱりそうだった。

広瀬くんは友だちをかばってうそをついていたんだ。自分のことより、その子のことを考えていたんだ。

「勘違いしないでくれよ。おれ、みんなが考えているようないいやつじゃないよ……。おれ、ずっとあいつのことを軽く見てたんだよ。自分のほうが上だって心のどこかでばかにしてたんだよ。」

玄関のドアが開き、お母さんらしい人が顔を出した。

けれど、「いいから。」と広瀬くんがうなずいてみせると、お母さんは少し戸惑っていたようだけど、そのままドアを閉めてくれた。

「運動公園での試合が終わったあとで、おれ、負けたのが悔しくてあいつを非難したんだ。おまえが、もっとちゃんとプレーしてくれたら負けなかったって。おまえはサッカーなんて向いてないんだって。けど、それってただの八つ当たりだったんだ……。」

広瀬くんの声は震(ふる)えていた。

「そのあとで、あいついなくなっちゃって、さがしに行ったら、高台にあいつが立ってるのが下から見えて……声をかけるまもなかった。あいつ飛びおりたんだ……。」

みんなが息をのむのがわかった。

「おれ、本当はあいつを押していない……。でもさ、考えてみれば、ひどいことといって、あいつを追いつめたのはおれだし、結局、同じようなことをしたんだよ。だから、あいつが飛びおりたのは、おれのせいなんだ……。」

「そんなことない……。ぜったい、そんなことない……。」

強い口調でわたしは否定(ひてい)した。このことだけは、なんとしてでも広瀬くんにわかってほしいと思った。

広瀬くんは自分を強く責めている。

だから、その罪(つみ)の意識(いしき)から、管理人のおじさんに聞かれたとき、やってもいないことをやったといってしまったのだろう。うそをついてしまったのだろう。

そして、そのほうがそのチームメートにとってはいいんだと思いこんで、ずっと、うそをつき通していたのだろう。

「あいつ、自分が飛びおりたって、ちゃんと警察とか自分の親とか、学校の先生たちにも話したんだよ。そういうやつなんだ……。」

やっぱり……。だから、広瀬くんは責められることはなかったんだ。周りの大人たちは本当のことを知っていたんだ。

「おれが突き落としたってうわさが広まったけど、おれはそのままでいいと思ったんだ。こっちに引っ越すことが決まってたし、もうかまわないって思ったんだ。いまさら本当のことをいって、あいつを追いつめたくなかったし……。」

「でも……このままにしてたら、いけないと思う。ちゃんと話して……みんなの誤解(ごかい)をとかなきゃ。」

広瀬くんは首をふった。

「転校してきたときから、自分はひとりでいようと思っていたから……。友だちはできなくてもいいって思ってたから。また、誰かを傷つけることになったら困るからさ……。でも、みんなに責められたら、やっぱりつらくなって、つい学校を休んじゃったけどさ。だけど、もう大丈夫だから……。」

「そんなの、ぜんぜん大丈夫なんかじゃないよ……。」

どうしても広瀬くんに伝えたかった。

「あのね……傷ついてつらい目にあうのは、広瀬くんだけじゃないよ……。クラスのみんなだって、同じようにつらい思いをするんだよ。だって、みんないい子なのに、それなのにクラスの友だちの悪口ばっかりいうようになって……。」

声が震え、まるで自分の声じゃないみたいだった。わたしの様子に気づいたのか、真理子ちゃんが、思い出したように助け船を出してくれた。

「ほら、香菜ちゃん、あの話もしてあげてよ。ビブスの話。」

ああ、そうだ。そのことも話しておかなきゃ。そうすれば、広瀬くんの気持ちが少しは楽になるかもしれない。

「あのね、広瀬くん……。その男の子、草地に倒れてたとき、手にビブスをにぎってたんだよね……。」

「え？　どうして知ってるんだ？」

「うん……。みんなで管理人のおじさんに聞きに行ったとき、おじさんが、そういえばって……教えてくれたから……。」

横で真理子ちゃんがしきりにうなずいている。

ビブスというのは練習試合のときにつけるチームわけのベストのことだった。そのことをわたしに解説してくれたのが真理子ちゃんだった。

「もしかしたら……その男の子、飛びおりるつもりはなかったのかもしれない……。」

広瀬くんが驚いた顔をした。

「城跡の高台って……すごく風が強かったんだよ。もしかしたら……男の子は持っていたビブスを風にとばされたのかもしれない。だって、試合のあとすぐにいなくなったんなら、ビブスを持ってたはずだし……。」

「わたしも帽子をとばされそうになったんだよ。あの高台で。」

ひかりちゃんが待ってましたとばかりに声をあげた。

「風でとんでいったビブスは……柵の向こう、崖の近くまで飛んでいったのかもしれない……。だから、男の子は柵を乗り越えて崖に近づいていった……。そして、ビブスを拾い上げたとたん、足をすべらせたのかも……。」

もちろん、それはわたしたちの都合のいい想像なのかもしれない。

男の子はビブスを持ったまま飛びおりたのかもしれなかったし、ビブスを拾い上げた瞬間に飛びおりようと決心したのかもしれなかった……。

広瀬くんのことだから、きっと自分に都合のいい想像はしないと思う。

でも、男の子がビブスを持っていたという事実が、どこかで広瀬くんの心の救いになってくれればとわたしは願った。

広瀬くんは口をきつく閉じ、ことばを失っていた。

たぶん見るに見かねたのだろう。急に岸本くんが大声をあげた。やさしいんだなあって思った。

「ビブスなんてどうでもいいんだよ、広瀬！　おまえ、なに黙っててほしいとか、かっこつけてんだよ。おかげでこっちはもう、無実のやつに悪口いったみたいで、めちゃくちゃかっこわるかったんだぞ。それに、だいたいなんだよおまえ、友だちはできなくたっていいなんて、悲劇の主人公みたいなこというなよな！　おれたち、もうおまえと友だちになってんだぞ、なー！」

岸本くんは周りにいた男子に怒ったように声をかけた。

「そうだ、そうだ！」

「おまえ、昼休みのサッカーのメンバーなんだからな！　いまさら、抜けだすなよ！」

戸田くんも田島くんも、声をあげた。みんなの顔には笑みがうかんでいた。腹を立てているというよりも、うれしくてたまらないという様子だった。

広瀬くんはいきなり自分の顔をごしごしとこすった。

「みんな、ごめん……。」

そして、みんなが心配するくらい長い間、頭をさげ続けた。ようやくあげた広瀬くんの目はどことなくうるんで見えた。きっと広瀬くんは、泣いているのを一生懸命にごまかそうとしていたのだと思う。

「わかったら、月曜日にはぜったいに学校に出てこいよな！」

涙のことは知らんぷりして、岸本くんがまた騒々しい声をあげた。

「広瀬、おまえも今、聞いただろ？　おれたちなんか、教室でも、城跡んとこでも、そんで今もまた聞いたんだぞ。佐々野がこんなに話すなんてめったにないんだからな。間違いなく、佐々野は佐々野の十年分くらい話したんだからな。これでいうこと聞かなかったら、おれたちみんな許さないからなー！」

広瀬くんがクスリと笑い声をあげた。

わたしは急に恥ずかしくなって、自分の顔が赤くなるのがわかった。でも、よかった。本当によかった。

これでまた、いつもの素敵なクラスにもどれる。そうわたしはかたく信じた。

（5）

朝からとってもいい天気だった。

月曜日だというのに、あいかわらず教室はにぎやかで活気に満ちていた。

真理子ちゃんと梨花ちゃんは、さっそく昨夜のテレビドラマの話をはじめ、岸本くんや戸田くんたちは、昼休みのサッカーゲームのチームわけをはじめている。どうやら、今回はあみだくじで決めるみたいだ。

もちろん広瀬くんもいた。自分の席でいつものように本を読んでいたけど、

「おまえ、おれたちのチームだぞ！」

上原くんに声をかけられると、笑いながら了解のサインを返していた。

なんだか不思議だった。この数日の出来事なんか、まるでなかったみたいに思えた。

やがてサト先生がやってきて、朝の会がはじまった。

「なんだか、いろいろあったみたいね……。」

先生はみんなを見回すと、にやにやしながらそういった。

きっと、広瀬くんの家の人が先生に連絡をいれたのだろう。

わたしたちが家に押しかけたことも、仲直りしたことも先生は知っていて、だから、あんな笑顔を見せているのだろう。

転校初日の朝、広瀬くんのお母さんが教頭先生と話をしていたことを思いだした。

ああ、そうなんだと思った。

たぶんあのとき、いろんな事情を先生たちは聞いていた。そして、飛びおりた子のことも

考えて、学校間でいろんな話し合いをしたのかもしれない。

広瀬くんへの誤解がこの学校で広がったときも、先生たちは先生たちなりに、どうしたらいいか話し合っていたのかもしれない。

「でも、よかった。先生、ほっとしちゃった。」

そうサト先生はいったけど、それが先生たちの本音だったのだと思う。

「さあ、じゃあ、いつもどおり、今日も勉強がんばりましょうね。」

うれしそうに先生がことばを続けると、

「えー！」

「勉強ばっかじゃん！」

男子たちの騒々しい声があがった。みんな本当にあいかわらずだ。ちらりと広瀬くんの横顔を見た。おかしくてたまらないというように笑いをこらえている。

「ちょっと、男子、静かにしてよねー！」

女の子たちがいっせいに文句をいった。

なるようになるもんよ……。

あのときの、おばあちゃんのことばをふいに思いだした。

わたしは大きく息をすいこんだ。そしてわたしも、遅(おく)ればせながら、みんなに合わせて声をあげた。

「もー、静かにしてよねー！」

わたしの小さな声は、それでもクラスみんなのにぎやかな声にまじって、教室中に広がっていった。

きっと今日も、素敵なことが待っていてくれる。そうわたしは確信(かくしん)していた。


〈おわり〉

この作品は書きおろしです。

福田隆浩・ふくだ たかひろ

1963年生まれ。兵庫教育大学大学院修了。長崎県の特別支援学校に30年以上勤務。『熱風』で、第四八回講談社児童文学新人賞佳作受賞。『ひみつ』（講談社）が第50回野間児童文芸賞最終候補作に選ばれる。『ふたり』（講談社）が全国読書感想文コンクール課題図書に、『幽霊魚』（講談社）が全国感想画コンクール課題図書に選ばれる。『たぶんみんなは知らないこと』で第60回野間児童文芸賞を受賞。その他『さよならミイラ男』（講談社）など著書多数。

香菜(かな)となつの秘密(ひみつ)

2017年 4 月18日　第1刷発行
2024年11月18日　第6刷発行

著者――――――福田隆浩(ふくだたかひろ)
発行者―――――安永尚人
発行所―――――株式会社講談社
〒112-8001
東京都文京区音羽2-12-21
電話　編集　03-5395-3535
　　　販売　03-5395-3625
　　　業務　03-5395-3615
印刷所―――――株式会社ＫＰＳプロダクツ
製本所―――――株式会社若林製本工場
本文データ制作――講談社デジタル製作

KODANSHA

N.D.C. 913　234p　20cm　ISBN978-4-06-220473-6

ひみつ

福田隆浩／著

転校先の学校で、自分が来る前に行われていた東川さんへのいじめに気づいた明里は、入院している東川さんの事故が、実は自殺未遂ではなかったのかと疑う。やがて明里はいじめの証拠を少しずつ発見していき、クラスメートから嫌がられるようになるが、明里には決していじめに負けられない理由があった。

誰の心にもある「悪意」に向き合う勇気をくれる感動作。

ふたり

福田隆浩／著

いじめにあっている転校生の小野佳純とそのいじめを見つけてしまった村井准一は、二人とも同じミステリー作家、月森和が大好きだったことを知って仲良くなる。その月森和の秘密が既刊本の中にあるらしいという情報を得た二人は、図書館へ通って謎解きに夢中になるのだった。

本が大好きな二人の淡い恋と友情の物語。
（2014年青少年読書感想文全国コンクール課題図書）

ブルーとオレンジ

福田隆浩／著

クラス内の嘲りのようないじめに日々耐えていた小五の〝ぼく〟はある日、見事にカーストの下克上に成功する。一方、同じクラスの〝うち〟は明るい世渡り上手な性格で、クラス内のちょっと嫌な雰囲気の力関係の中でも無難に毎日を過ごしていた。だが、ある女の子へのいじめをどうしても見過ごせず悩みはじめる。

スクールカーストやいじめという理不尽と戦う衝撃作。

幽霊魚

福田隆浩／著

小６の知希は、父さんの転勤で、父さんと二人、都会から離島に引っ越してきた。転校して初めての夏休みを迎える。港で一人魚釣りをしていると、柄の悪い二人の同級生が話しかけてきた。最初は距離を置いていた知希だが、乱暴そうながらどこか通じ合うものを感じ、仲間として過ごすようになる。

幻の「幽霊魚」をモチーフに少年の自立と成長を描く。
(2016年読書感想画中央コンクール指定図書)

野間児童文芸賞受賞!

たぶんみんなは知らないこと

重度の知的障害のある小学5年の女の子、すずと、
お兄ちゃん、同級生、先生たちの優しい物語。